时代长镜头 铺路石

刘涛 \ 主编

经济日报出版社

图书在版编目（CIP）数据

时代长镜头．铺路石/刘涛主编．——北京：经济日报出版社，2019.12

ISBN 978—7—5196—0636—7

Ⅰ.①时… Ⅱ.①刘… Ⅲ.①新闻—作品集—中国—当代 Ⅳ.①I253

中国版本图书馆 CIP 数据核字（2019）第 301656 号

中国故事·铺路石

作　　者	刘　涛 主编
责任编辑	周　璠
责任校对	李　达
出版发行	经济日报出版社
地　　址	北京市西城区白纸坊东街 2 号 A 座综合楼 710（邮政编码：100054）
电　　话	010—63567684（总编室）
	010—63584556　63567691（财经编辑部）
	010—63567687（企业与企业家史编辑部）
	010—63567683（经济与管理学术编辑部）
	010—63538621　63567692（发行部）
网　　址	www.edpbook.com.cn
E—mail	edpbook@126.com
经　　销	全国新华书店
印　　刷	北京建宏印刷有限公司
开　　本	710×1000 mm　1/16
印　　张	17.25
字　　数	182 千字
版　　次	2020 年 3 月第 1 版
印　　次	2020 年 3 月第 1 次印刷
书　　号	ISBN 978—7—5196—0636—7
定　　价	42.00 元

版权所有　盗版必究　印装有误　负责调换

序言 Preface

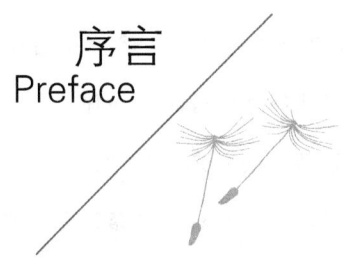

大时代,小人物

□刘涛

我常常在想,个体与时代相遇,会发生什么,又会留下什么。

时代是一场大戏,每个人都是其中的一个角色,或轻或重。有人拨弄着时代的浪花,乘势而为,成为聚光灯下的宠儿;有人拼命地活着,尝试在历史大幕上投下些许残影。每个人的故事不尽相同,但都无比真实。那些让人泪流满面的叙事,无一不是对真实的真诚演绎。因为,没有比真实更让人动心的故事。

立足人物,走近时代,一个绕不开的认识命题就是历史及其叙事。我们需要什么样的关于历史的叙事?进一步说,小人物的故事和命运,是否被讲述者置于正当的历史位置上?

什么是历史?历史就是一部分人告诉另一部分人过去发生了什么。"一部分人"是谁,"另一部分人"又是谁,通过何种方式"告诉"对方,这已经超越了简单意义上的信息传播命题,而是在回应更大的"历史叙事"问题。历史叙事的常规操作是,首先按照主流意识形态的规约,确立重大事件、重大议题、重大人物,然后在时间维度上发现、建立,甚至重构它们之间的逻辑勾连,使其成为一种相对封闭的叙事。

为什么关注小人物的微观记忆?因为我们致力于打开历史叙事之外的另一种可能,打捞通往历史话语的另一种"言说方式"。必须承认的是,记忆是对宏大历史叙事必要的补充和延伸,它赋予坚硬而冰冷的历史一定的温度和细节。当历史超越了纯粹的"话语"维度,获得"人"的视角和叙事,这样的历史才是丰满的,冒着"热气"的。

与此同时,记忆虽然微弱,缺少逻辑,却保存了历史叙事所不具备的"另一副面孔"。相对于历史叙事所提供的理性、结构性、逻辑性和总体性,普通人物的微观记忆是感性、碎片化、非连续性的,其与生俱来的属性就是对逻辑和话语的拒绝。打捞那些被主流叙事忘却的微观记忆,有助于我们建立一种高贵的反思框架,从微观命运中审视历史的话语及其合法性,进而与宏大话语保持一定的公共距离。所谓的历史担当,恰恰来自于我们对历史及其叙事的完整认识。

因此,历史叙事与微观记忆的"相遇",可以是一种携手共进的状态与过程。贾平凹说:"你在写一个人的故事的时候,这个人的命运发展与社会发展在某一点交叉,个人的命运和社会的时代的命运在某一点契合交集了,你把这一点写出来,那么你写的虽然是个人的故事,而你也就写出了社会的时代的故事,这个故事就是一个伟大的故事。"

五年前,我们穿越十年中国,记录时代的瞬间,出版了两本学生新闻采写作品集《100个人眼中的中国十年·记录》和《100个人眼中的中国十年·行走》。这是不同于主流媒体的另一种叙事,一百多篇文章,无不聚焦"大时代,小人物"这一主题,思考个体与时代的相遇"方式"。

五年来，风云变幻，宏大议题接连上演——2015年抗战胜利70周年，2016年红军长征胜利80周年，2017年香港回归20周年，2018年改革开放40周年，2019年新中国成立70周年。我们昂首迈入了又一个"大时代"。过去有太多值得感慨的故事，而我们依旧相信，最真实、最有力量的中国故事，岂能绕开人的命运？个体的故事和命运里，保留了关于时代的所有注解。

一位老人，从普通农民到全旗第一位"万元户"，在时代浪潮中，千难万险，又柳暗花明。

一个农村孩子闯出山林，当上令人称美的医生。殊不知，他是在强辐射的伤害下坚持着日复一日的手术，而其收入远比不上这份付出，有时候还要面临患者的不理解。

一个缅甸姑娘，偶然接触了汉语，却单纯地因为热爱而放弃上大学、当工程师的机会，来到中国求学，立志从事汉语教育。

农民、医生、学生，都不过是你我身边的小人物，却又都带着大时代的烙印。小人物的切身经历，才是时代最真实的反映。透过他们的故事，我们或许能拼出一幅更完整的时代图景。

冯骥才说，以我的感受，大人物的经历不管多么跌宕起伏，也不能和小百姓相比。大人物的问题总容易解决，小百姓们如果没碰对了人，碰巧了机会，也许很难遇到命运的晴天。

2019年，恰逢新中国成立70周年，一个时代的流金岁月在这一刻彰显。我们自豪地回望过去，始终没有忘记"大时代，小人物"这一主题。多年来，我一直教授《新闻采写》课程，我和学生们努力走进小人物的生命，聆听他们的故事，尝试为百年后的中国留下一些真实的往事、一群可爱的面孔、一段宝贵的史料。

于是，我带着学生反复打磨，屡次修改，最终呈现给读者《风雨路》

《铺路石》《浮生掠影》《烟火人家》《新青年》五册新闻采写作品集，命名为"时代长镜头"系列。我们的思路非常清晰，即寻找个体命运与时代脉搏之间的共振，并通过"长镜头"的方式，将这种共振状态完整地纪录下来。

长镜头在电影中是一种特殊的表达方式，即用单个长时间拍摄的镜头而非切换的镜头来进行表达。连续的时空中，长镜头聚焦、定格，喜怒哀乐、世间百态、人间烟火，刹那永驻，沉在历史的长河中。斑驳光影掠过，我们试图留住片刻。对于时代变化的展现，我想，让更多小人物出现在镜头里，就如同把被遗忘的碎片放回到时代的拼图中，呈现出时代的细微之处。

我们期望，在这里，你能看到社会百态、风雨人生。在这里，时空交织，瞬间即是永恒。在这里，看见瞬间，理解中国。

"山上层层桃李花，云间烟火是人家。银钏金钗来负水，长刀短笠去烧畲。"刘禹锡笔下的山景之美，来自山村人家的劳动之美。《烟火人家》一册记录的正是这样一群为未来奋斗和坚守的人，分为"恒""守""归""根"四部分。一位突发摄影记者把自己比喻为空降兵，一个电话指哪奔哪，曾雪夜追车，曾走入汶川，曾逼近日本福岛，只为记录和展示真实。一个农村青年早年漂泊，最后选择回到乡村当教师，是转折，也是人生归宿，更是一辈子的责任。两位印尼华侨年少时不约而同地回国，投身祖国建设，只为那颗赤子之心。怀揣相同梦想的两人渐渐走到一起，成了眷属，携手共见证祖国的发展。两人初心未改，终收获了当下的安逸幸福。

但努力拼搏的过程往往是不平静的。不可阻挡的时代潮流涌来，小人物浮浮沉沉，顺流而下。在这些漂浮的人生中，我们摘取了努力适应潮流、拼命向前游动的故事，分为"磨""炼""绽""放"四部分，收录在《浮生掠影》中。改革开放潮流中,一个来自小山村的青年顺流南下到深圳打拼,从当工人到卖猪肉再到边卖猪肉边打零工,一心想在深圳买下一套房,成为真正的深圳人。1977 年,中国恢复高考制度,另一位农村人盼来了出头之日,殊不知这条路走得格外曲折,所幸最终也遂了改变命运的愿望。

回顾这一路,风雨兼程,砥砺前行。时代的发展不总是一帆风顺,小人物的或悲或喜是他们的,也是时代的。段段前进路上的挣扎、坎坷、曲折被收录在《风雨路》中。有一群人,他们想要把家安在城市,但又深知自己的根在农村,一直在往返,渐渐迷失,留不下,也回不去。有一群人,在岗位上兢兢业业,但问题说来就来,也不知是自己不够努力,还是造物弄人,有的人选择随时代浪潮走,有的人则坚持走自己的路。这些磕磕绊绊的人生故事分别以"田园将芜胡不归""山重水复疑无路""千磨万击还坚劲"三个篇章在《风雨路》中呈现,以窥见和反思时代前进中的问题。

风雨不停,但还好有默默奉献、甘当铺路石的一群人在为时代的未来铺设一条康庄大道。诗人左河水如此描写铺路石:"许身路径亦凌空,烈日冰霜伴夏冬。承踩扛压迎送乐,为因大众赴前程。"他们或在用一生守护前人留给我们的文化遗产,或在社会主义市场经济体制下开荒拓土,或在基层岗位上奋斗拼搏,不为人所熟知,却用心血和汗水为中国发展打下了坚实基桩。这样的故事被集结在《铺路石》一册中,该册包括"时间走过""扬起风帆""跌宕起伏""栉风沐雨""生生不息"五部分。

凡为过往,皆为序章。回望过去是为了更好地计划未来,而那颗不安于现状的心正是新潮流的起点。因为钟情于表演,她不甘受限于家庭条件,在网红圈努力开创自己的道路;因为执着于独立调查,他蜗居于 7 平方米的家,艰难经营自己的自媒体平台;因为痴迷于摇滚,他不愿囿于安逸的生活,拿起鼓槌奏起独一无二的人生曲。《新青年》中这样的青年人物比比皆是,他们躁动不安的心既为时代所形塑,也推动着时代的前进。该册包含"时间的沙""上帝的门""心里的锁""船上的人"四个篇章,叩问心灵,寻找梦想。

在时代的巨浪中,小人物浮浮沉沉,或拥有美好回忆,或留下遍体鳞伤的痛苦,但他们的故事都印证着社会浪潮的翻滚、岁月流过的痕迹。闭上双眼,过往的时光一幕幕闪现于脑海,缝合起来便是人生的片段。拿起笔,鲜活的故事一段段跃然纸上,收录成书便是时代的缩影。

70年,有人沉默,咬牙在绝境中披荆斩棘;有人坚忍,负重在潮流中奋力前行;有人勇敢,迎变在迷雾中努力探索;有人智慧,借机在变革中脱胎换骨……

道不尽人间烟火,数不清浮生掠影。"时代长镜头"系列丛书的出炉,离不开多年来参与稿件编辑和校对的学生们,他们是朱思敏、刘倩欣、蔡楚萍、许诗颖、关星杨、邹露、金雅如、赵媛媛、卢琳绵、连紫嫣、陈雪仪、郭美婷、董欣迪、梁思华。

时代长镜头里,记录着"大时代,小人物"的风雨人生。70年,我们带上厚重的过去,朝着梦想再出发。

往事,再回首;烟火,是人家。

是为序。

目录
Contents

Chapter I 时间走过 / 001

潮汕建筑守护者 / 003

我是天生讲古的好声音 / 009

广绣大师的"平凡之路" / 018

不一般的传承 / 028

一纱一线，缠绕过往与未来 / 037

咸水歌，声依旧 / 046

放映人的银幕之外 / 057

Chapter II 扬起风帆 / 063

二十余载的坚持与守望 / 065

甘肃天水村里出了个"马桶先生" / 072

发廊里的小生意，大生活 / 083

褪不去的服装 / 093

在诗意中奋斗的商人 / 101

与保险同发展 / 109

皮带老板的三十年 / 117

Chapter III 跌宕起伏 / 125

制衣的消逝 / 127

小镇青年"致富梦" / 134

事业还是家庭，从来不是一道单选题 / 141

商海孤舟 / 147

电子城里的"商人" / 154

Chapter IV 栉风沐雨 / 161

离开小渔村的三十六年 / 163

中年"归零" / 171

女儿的助推器 / 178

虎门二十五年 / 189

小镇的家具厂 / 199

39岁，回到起点 / 212

Chapter V 生生不息 / 221

酒香不怕巷子深 / 223

十年煮出的一锅"风景饭" / 229

缘与愿 / 236

投身教育十余载,桃李芬芳小县城 / 243

平地起高楼,荒地育野花 / 253

Chapter I
时间走过

潮汕建筑守护者

1950年,在汕头市区至平路与永平路的交叉路口,一栋圆弧形大楼里响起了一阵掌声。公元感光材料厂,这个被誉为"中国感光工业摇篮"的地方,在那一刻孕育出了新中国第一张原始氯素照相纸。

蔡海松的家就在公元感光材料厂附近的永东街上,便利的地理位置在蔡家兄弟——蔡海松和蔡焕松心里,播下了摄影的种子。长大成人后,当哥哥如愿走上专业摄影的道路时,蔡海松却阴差阳错地从事了建筑行业,然而,摄影并没有消失在他的生命中,而是与建筑交织在一起,成为他一生中最重要的脉络。

它们都是宝

1989年,在南昌驻点了5年的蔡海松回到了汕头。他讶异地发现，正在经历改革开放的汕头老市区，已经不是他童年记忆里的"京华帝王府，潮汕百姓家""除了杉排路和永泰路那一段，其他的都破落成危房了"。

潮汕地区处于"省尾国角"之地，三面环山一面环海，形成了独特的民俗文化。这种文化映射到建筑上，便是风格独特的民居。因宗族观念较强，潮汕人多数聚族而居，形成村落，而村里的房子大多数都是依照宗族风水及美学观念建成，发扬了汉堂遗风，十分精致独特。

"'四点金'的平面格局是以方形为基础的九宫格形式，形成'囤'形中心对称格局，在这个基础上，减少前进就是'下山虎'，纵向扩展是'三座落'，横向扩展是'五间过'，左右加二条厝巷从厝是'二落二从厝'，规模较大的有'驷马拖车''百鸟朝凤'。这些由中央、中轴四处铺开、左右对称、有条不紊、井然有序的建筑布局，体现了藏风聚气的凝聚力，更重要的是体现了潮汕地区一直以来倡导的'提倡中庸，讲究平和中正，崇尚仁、礼完美统一'的正统的儒家思想。"生于斯长于斯，年近花甲的蔡海松，谈起潮汕建筑时眼里仍然焕发着光芒。"可是20世纪八九十年代，人人都要发展，要赚钱，大家不懂这些老厝的好，不懂它们都是宝啊。"蔡海松眼里的光暗了下去，"我是做建筑的，看到好好的房子有的长满青苔，有的窗户不知被谁拆走，有的门框长满蛀虫，我怎么能不心痛？别的我做不了，我就想着用相机把这些房子拍下来，留作资料，不能让他们就那么消失掉。"

这一拍就拍了27年。

一台相机，一辆摩托车，一本笔记本，一支笔，蔡海松带着这四样东西，在汕头，揭阳，潮州的乡村间，奔走了一年又一年。"拍摄建筑最关键是要读懂建筑，只有读懂了才能拍得好。另外，建筑是固定的，它与其他门类的摄影有所不同。所以，拍摄建筑要有足够的耐心去观察，观察建筑的外观、造型、神韵与周围的环境，以及选择最佳时间、最佳角度。只有这样，才能最大程度地表现出建筑的美。"蔡海松是这么说的，也是这么做的。为了拿出最有表现力的作品，几乎每一个值得关注的老房子，蔡海松都得去至少五次。拍木雕时，蔡海松看到上面的漆画囊括有历史人物故事，就一格一格拍回家翻史书研究；拍架梁时，因为梁下的光线总是不充足，蔡海松就得反复地拍。非专业出身的他以专业的眼光要求着自己，总觉得这一张光影效果没对比出来，那一张细节不够凸显。汕头的夏日热得让人焦灼，而蔡海松就穿着湿透的汗衫，在破败的祠堂里等着光线正对准架梁的一刻，按下快门。"专业摄影师是用建筑表现摄影，而我是要用摄影表现建筑"。于是他一次又一次地，在同一个位置等着最好的阳光，也一年又一年地，等待着社会关注这些老建筑。

　　同时，为了更好地理解潮汕建筑，他还翻阅了大量历史文献资料，深入田野调查，拜访了许多民间艺人和知情者。潮汕人个性保守，手艺人和祠堂后人往往不愿意对着这样一个举着相机的陌生人讲出自己的家底儿。蔡海松也不急，他就一次一次地去，把他拍好的照片给这些知情者看。几杯功夫茶下肚，怀揣着老建筑的故事的人就松了口儿。在数次的亲切交谈中，谷饶梅祖家祠的主人陈正夫妇，石雕名匠庄仕南先生、木雕大师秦宪生先生等许许多多守护着经典的人，都与蔡海松结下了深刻的友谊。"你看它在那里无论刮风下雨都不动，可是它外墙上一块松动的嵌瓷，厅堂里一根褪色的梁柱，屋檐上一块残缺的瓦，都有可能是它要说的故事，老厝只是不会说话而已。"蔡海松手里的功夫茶氤氲了他的眼镜，无法想象在27年间，这双水汽背后的眼睛读过了多少老房子的故事。

都是钱的事儿

2006年11月29日，全国重点文物保护单位从熙公祠丢了两块镂空石雕花栏。管理员发现失窃后第一时间报了警，而第二个电话便是打给了蔡海松。"海松兄经常来拍照，他比谁都疼惜这座祠堂。"从熙公祠有120多年的历史，是潮州石雕的代表性建筑，而门口屋檐下的这两块石雕花栏，更是凝结了潮州顶级的石雕技艺。在一片迎新年的喜庆气氛中，蔡海松一直皱着眉，即使文物在一个半月后被追回来了，他还是无法放宽心。

由于石雕是国宝，修复要有稳妥的方案，按着潮安县文管部门提供的方案，是要把从熙公祠的屋顶等上部建筑整体顶起来，然后将石雕放回到原来的位置上，最后把屋顶放回去。无奈的是，这种方案至少需要100万元左右的经费。等经费等了好几年，从熙公祠的后人急了，他们想要回石雕，跟当时盗贼偷走石雕的方法一样，把墙与梁之间顶开一点距离，然后把石雕构件放回去，再等梁体自己校正复原。文管部门坚决不同意，因为这种操作方案太过冒险了，如果在操作中出现差错，可能整个建筑都会出现垮塌。双方争执不下，只能任凭石雕在暗无天日的储藏室里攒灰。

蔡海松的心也跟着灰了："修复老建筑，都是钱的事儿。"在老市区的改造中，他曾眼睁睁地看着老市区街道办的人，因为缺乏经费，往巴洛克建筑的外墙上糊上水泥。他和街道办的人说："那房子可是见证了一百多年的汕头开埠史啊"，换来一句"可它现在是威胁到行人安全的危房"。蔡海松既无奈又心痛，他能在寻访老厝的途中推着爆胎的摩托车走上四五公里，却好像根本没办法推着保护老建筑的进程走上哪怕一小步。

别做"败家子"

蔡海松没有放弃，他就像他所保护的老房子一样，纵然在风雨中沧桑了面庞，双脚也没有丝毫动摇过——他要让更多人听到他的呼声。"在过去的岁月里，这些建筑经受大自然及战乱、人祸等各种侵蚀和破坏，多数已面目全非，能够保存较为完整者寥寥无几。正因为如此，尽我们所能去保持、维护仅存的那些传统乡居的风貌格局、历史信息及其所蕴涵的优秀文化，更显得必要和迫切。我们不能让子孙后代骂我们是'败家子'啊！"

于是，他整理了自己多年来拍摄的潮汕建筑照片，出版了《潮汕乡土建筑》一书。在书中，他用朴实的语言阐述了自己对潮汕建筑的深刻理解：用院墙为自己隔出一方空间，把外人外事挡在外面，把家人家事保护在里面，头顶一方天，脚踩一片地，种自家的花草，过自己的日子。除了出书，蔡海松还尝试了许多不同的方法。非专业摄影师的他，在汕头市图书馆里举办了自己的潮汕建筑照片展；不是老师的他，带着成员多是高中生的汕头山水社走遍老市区的大街小巷；只有高中学历的他，被潮州市的韩山师范学院聘请为客座讲师；性格内敛的他，一场又一场地对着许多人讲述潮汕老建筑的故事……

蔡海松终于如愿替潮汕老建筑发声了。他不会写华丽的歌词，不能像香港著名词人黄伟文一样，写一首《喜帖街》来怀念香港已经拆迁的利东街。但他多年来以朴实的姿态，走过的每一条老街，拍下的每一张老厝的照片，都给我们留下了许许多多的温存。他在许多并不了解潮汕老建筑的年轻人心中播下种子，滋生了他们心中那种"生于斯长于斯"怀旧情愫和浪漫情怀，他让越来越多的汕头人认识到，潮汕老建筑不是"当年有钱人开发的房地产"，也不是"汕头城区向东发展的阻碍"，而是潮汕人下南洋艰苦奋斗史的见证，是拴住游子的心的纽带，是海内外潮汕人乡愁的归处。

2016年12月27日，由政府专项拨款，修缮了几个月的四栋百年骑楼，恢复了历史原貌，揭开了神秘的面纱。蔡海松背起相机，兴奋地骑着摩托车向老市区驶去。

（文／李佳妮）

我是天生讲古的好声音

"前文再续,书接上一回……"人还未进讲室,远远地便听见室内传来抑扬顿挫的声音,此时讲古坛内的人正是广东粤语讲古第三代艺人,姚焕然。

1944年出生的姚焕然已是75岁高龄,谈及他的说书经历,他表示,从拜师学艺算起,恰好一起一落,可以将这段经历划成三个阶段。自从2009年受好友之邀再次出山,到现在,已是第十个年头了。

如今,每逢周二、周四早上九点半,广州市荔湾区文化公园的讲古坛中,总能看到一个熟悉的身影,穿着青衣长袍,在那四方讲室中,操着一副好嗓音,说着一段好章节。

自幼学艺，天生我才

"我是天生讲古的好声音，无可代替的，你可以说我自负，我讲古的声音是我们说书界的好声音，说书人是要这种声音，入迷入市。"接受采访时，姚老师笑着说道，一提起粤语讲古，他的眼中就泛着幸福的光。

从三四岁对讲古产生兴趣，到十六七岁正式拜师学艺，其间的十几年可谓是风雨无阻，姚焕然每天都准时前往讲古场听讲古，坐在与将讲古老师正对着的第一排，那个离老师最近的位置，目光炯炯地盯着台上。

姚焕然回忆说，他听讲古有一个习惯，就是在听的过程中有不明白的地方，等讲古人讲完之后他就会去问。当时台上的讲古人是说书学会第二任会长胡千里，经过一段时间的听古，他和胡千里就认识了。

1961年8月的一天，姚焕然和往常一样坐在第一排听讲古，待胡千里讲古结束后，姚焕然照旧前去向他提问不懂之处。这时，胡千里突然问道："靓仔，你很喜欢讲古啊？"姚焕然自然应声道："是啊，你看我每晚都来。"之后，胡千里便邀请他去参加讲古协会的考试，姚焕然爽快地答应了。

八月底，姚焕然被通知去参加考试，经过长期的听古和读史，姚焕然成功通过考试成为讲古协会中的一员，当时通过的只有两人，他和另一位广州著名的讲古大师颜志图。

姚焕然回忆考试时的场景时说道："我讲完古后，副会长也就是后来我的师傅侯佩玉突然发了一个问题问我,楚霸王武功厉害还是赵子龙武功厉害?那我就说,一个秦汉一个汉末三分,他们相差近400年,所以他们没机会在一起打架。"

从1961年9月3日正式学艺到出师,他用了大约两年半的时间,之后便正式踏上了粤语讲古这条路,成为第三代说书艺人。

意气蓬发,辉煌短暂

谈及学习讲古的初衷,姚焕然说道:"为什么我会学讲古,第一,喜欢听古很自然想学讲古;第二,要有一个好的经济实力,一个爱好,所以我就讲古。"粤语讲古在当时对于姚焕然来说是一个很好的职业选择,一有政治地位,二有经济实力,三有兴趣爱好。于是,在天赋、兴趣以及努力的加持下,年纪轻轻的姚焕然很快就取得了讲古事业上的成功。

至于何谓"成功",姚焕然解释道,当时将说书人分为三级,用薪酬待遇来区别,第一级是90块,第二级是105块,第三级是120块。100块在20世纪60年代算是一笔巨款,姚焕然回忆道,当时文化局科长的工资就是105块,而他从刚入行时一年仅有40块,很快就到了一年120块的等级。

20岁的姚焕然成为当时名响千里的讲古人,这也是姚焕然最怀念的一段时光,年少有为,意气蓬发。然而,这种春风得意的日子只停留在他25岁前。1966年文化大革命全面爆发,对说书学会以及粤语讲古造成了十分巨大的影响,许多讲古人都被迫离开了自己心爱的讲古坛，姚焕然便是其中之一。

在1966年前，姚焕然靠着专职讲古，很快就有了一份不错的收入，然而到了十年风波之后，说书学会散了，广州市的说书场没了。

1966年初，他靠着机缘在文化局工作了三年，依旧坚持做着讲古工作。然而好景不长，到了1969年，姚焕然入了广标受训，被分配去工厂当生产工人。他有着一双儿女，整个家都需要他来提供家用。万般无奈下，姚焕然选择了离开书场，"我这个人有一点好，安身立命，不讲古，当工人我都要去。"想起曾经那段艰难的日子，姚焕然感慨万千，他说，他需要养家，不能再冒失，不能有风险。

1976年，在中山四路的红旗剧场，说书学会重新成立。

新的说书学会成立之后，文化局联系了几位名声响的讲古人，分别给了他们《会员证》，几个人张罗着重新建起讲古坛。姚焕然作为讲古人之一，也兴致勃勃地投身进去，开启自己人生中第二段讲古生涯。

由于讲古坛刚刚重建，各方面的条件都还不完善，需要大量人力支持，但讲古艺人说受的待遇却比之前差了许多，仅仅靠讲古所得的收入实在支撑不起一个家庭，此时贸然从工厂离职实为冒险之举。两边都放不下的他于是选择了每天白天在工厂上班，晚上和周日休息时仍然坚持去讲古，按他的原话来说就是"一个星期上六天班，讲七场古"。

虽然身体上很辛苦，但内心却很满足，因为既兼顾了家里，又拾回了爱好。这种白天工作晚上讲古的状态一直持续到1995年，某一天，他突然意识这二十多年来，周围的人都在支持着他做自己喜欢的事，然而他花给自己的时间太多，陪伴家人的时间太少。

于是，他做出了一个重大的决定，离开了陪伴他多年的讲古坛。

何以解忧，唯有讲古

"我讲到自己不能讲为止。"

姚焕然就是这样一个简单而忠诚于讲古的人。

"说书人离开了说书场，就不是说书人了，就只是一个人。在台上讲古时我就是说书人，离开了说书台我不过是个老人。"想起1995年到2009年那段离开讲古坛的日子，姚焕然感叹道。没有讲古作为生活中的填充剂，他每天在家帮女儿带带孩子、泡泡茶，过着和一般老年人一样普通的生活。"我这个人很随遇而安，求得心安理得就好。"但若是甘于平凡，就不是姚焕然了。

在2009年8月的一个大暑天，姚焕然突然间想起有很长一段日子没去文化公园了，便想过去看看。机缘巧合下，他在文化公园遇到了之前文体部管理书场的干部，因为姚焕然不会使用手机，因此在他退出讲古坛时就等于退出了整个交流的圈子，而这一次偶然的相遇，便成为了他重返讲古坛的一个关键转折点。

他一眼就认出我了，他说："姚老师，我想把你找回来说书，再干几年。9月1日新的书场落成，你一定要来。"姚焕然没有想到，这一次老友相逢，这一句邀约，便改变了他往后的十余年。从此，每周二、周四在文化公园讲古的规矩，就这么定了下来。

"我现在不在乎个人的得失,不论是荣誉上还是经济上。因此我重回我喜爱的讲古,借用曹操的话讲就是'何以解忧,唯有讲古',我会讲到自己不能讲为止。"姚焕然坚定地说,他会一直讲下去。

为什么会在65岁时再次出山,重返讲古坛?这个答案,其实早就在姚老心里。

人生一生,从无到有,从有到无,跌宕起伏。就如从东边爬山,到西边下山。曾经由学艺,到讲古,一路上山,到20世纪60年代末尝到甜头,跟着就千尺倒流。

"我领会人生的真谛,保持良好的心态,甘于寂寞的心情,做好一件事,周二周四讲好古。"

然而,随着年纪渐长,反对姚老讲古的人越来越多,特别是近十年,他的老伴、儿女都反对他讲古。"尤其是我女儿,外资企业高管,经常开玩笑说,是不是她给的家用不够?"

以前为了养家,姚焕然选择了"先有温饱,才有艺术",而如今,生活条件渐渐变好,家里也没有什么需要他帮忙的事情,第三次登上讲古坛,坐上那把木椅,已无关乎个人的得失,无关乎得到什么回报,不论是荣誉上还是经济上。

姚焕然说:"我的名言就是,做一天和尚撞一天钟。"如今的他喜欢简单平淡的生活,不喜张扬,除了每周二、周四去文化公园讲古坛外,其他时候就待在家里看看报纸,看看电视。

看姚焕然的讲古,也能看出他这种不喜张扬、不忘初心的心态。现在很多无流派的讲古人,总会为了迎合观众的喜爱而增添许多创意元素,比如应用很多道具,十分重视服饰,在讲古的过程中亦有增加动作,一把扇、一条汗巾、一块醒目,有的甚至还站在那里,适当地做些动作。对此现象,姚焕然用一句行话回应"撒火粉,灼眼光",引申下来就是"无流不响""无坚不长"。

没有流派的说书人的名声是不响的,没有基本功的说书人无论增加多少动作与道具,也都是没有用的。他说讲古人的一生就像是建一幢摩天大厦,若是地基松散,建好了,就是经不住考量的,是摇摇欲坠的,埋在地下的东西不扎实,上面建五百层都没用。

在坚实的基础上讲古,姚焕然是自信的,尽管没有繁复的道具和夸张的表情动作,但就吞吐,就咬字,就叙事,他自信地说道:"我是天生讲古的好声音。"

重返讲古坛的这十年对他来说,像是沿袭了一种从小养成的习惯,不求名利,只求心安。就如他说的那样:"我甘于去讲古,我尽职尽责,问心无愧。"

无可奈何花落去

"我希望通过你们,将讲古宣传出去,延长它的寿命。也欢迎你们提意见,我虽然年龄大,但是不固执。"即将告别时,姚焕然突然开口,诚恳地说。

如今重返讲古场,光景却不如往年一样好。"为什么20世纪60年代、70年代、80年代、90年代讲古都那么受欢迎那么吃香,现在这么少人听?我检讨一下自己,我觉得自己还没下坡,我还没认自己廉颇七十尚能饭否,我还要检讨我自己的水平有没有明显的下降。"

对比起曾经讲古坛人头涌动的情景,姚焕然的情绪明显地激动起来,却又对现实无可奈何。他说,早两年为了振兴讲古坛,自己也做了不少努力,接受了凤凰卫视以及广州当地电视台的采访。

在这个新媒体盛行的时代,更多人愿意在手机上浏览一些短小有趣的视频,而光临讲古坛的,大多都是那些同样年老同样热爱讲古文化的人。如今,年轻人喜欢形式是丰富多彩的,而讲古的形式相对来说是平淡的,因此很难引起他们的注意与喜爱。"用我自己的一句口头禅来说,'冷水泡茶,慢慢品',而如今的年轻人思维却不一样了。"

的确,就像广东的地方粤剧,要求很高,从艺至少七年,而成名是十几年,且未必能够成名。主角只有三两个,且不一定能够成为主角。

这种有心无力的感觉是姚焕然如今最难过的,不忍看着粤语讲古一天天从广东地区淡化,却无奈一生老骨也做不出什么惊天动地的改变。他重重地吸了一口烟,感叹道:"自己其实很想做好这件事。"

好书还有几回闻?

随着新媒体的运行,更多的年轻人愿意将碎片化的时间花费在社交网络中,很少有年轻人有大片时间前去讲古坛,安安静静地坐在台下,听完一章故事。如今,讲古坛的观众,除了老人和小孩,就是一些前往文化公园观光的游客。其中有真正的听众，有好奇的观众，也有打磨时间的看客。

"书是骨，我这样理解。我说书人，和他加肉加皮、衣着，要分清楚，书是人的骨。"如今，像姚焕然一样不忘初心的讲古艺术家已经不多了，继姚焕然之后，谁又能挑起粤语讲古的大梁？每每讲古结束时，都留有一句"预知后事如何，请听下回分解"，然而，书能再接上一回，却有多少下回分解，好书还能有几回闻呢？

在中国快速发展的今天，如何给予传统文化一个重放异彩的舞台，使之重返生机，是一个值得广大青年思考的问题。让中华传统文化源远流长、经久不衰，不仅老一辈的愿望，还是新青年的肩担。好书还有几回闻，这个问题，谁也没有答案，真正的答案，要靠一代又一代人的努力，将好书续写得无限长。

（文／陈大喜）

广绣大师的"平凡之路"

"这三十年是越变越好了,还是越变越坏了呢?我说不出来,一直都是这样,我的日子就没顺利过,一路走来全都是打击。你问我有什么可喜可悲的,我只能说我什么都没有,对广绣的这些尝试最后只剩下两个字:悲壮。"

"唔……唔……"桌子上的手机又亮了起来,谭展鹏拿起来看了一眼,滑动手机屏幕,把电话挂了。在我们的谈话过程中,这是他第四次拒接电话,找他的人似乎很多,但是他不觉得打断我们的交谈是一件好事。旁边的开水壶咕嘟咕嘟地冒着热气,他起来弯腰再一次帮我添了壶里的最后一点茶,那是他从南非带回来的,尝起来有果木的清香,听说是除了黄金、钻石之外,南非三宝之一。坐下来,他扶了扶黑色的平顶帽,上面绣着一只紫金色的海马,好像在黑夜里遨游,"我们讲到哪里了?"他用标准的"广普"问道。

谭展鹏是广东省工艺美术大师、广绣高级技师、广绣的非遗传承人。他的母亲陈少芳是广绣的名人，师从名画家关山月，她是中国工艺美术大师，也是现代广绣的奠基人，在广绣创作方面造诣颇高，以技法灵活、设计精巧著称，有着自成一派的现代广绣演绎风格，曾荣获第一届世界民间艺术最高奖"金马奖"终身荣誉称号。除此之外，谭展鹏的妻子黄敏健也是一名广绣大师，一家有三位大师，均秉持着"以画入绣"的强烈特色，苦心经营，为广绣的复苏和传承作出了极大贡献，因此，他们一家又被称作"一门三杰"。

这个位于芳村，离地铁站有一公里远的两层砖楼是他公司的所在地，二楼靠马路的墙上挂着一个写着"鹏喜"二字的牌匾。二楼有一半是属于他的，拉开铁门往里面走，在一百平方米左右的展厅里，除了挂满、摆满规格大小不一、色彩鲜艳、精美绝伦的广绣作品之外，还放了两张实木桌子，靠近门口的桌子上堆着文件、书本、时新的报纸，还有手提电脑；屏风后面还有一张桌子，放着一些没有完成或者没有装裱的绣品，几个绣绷，一个装着几把剪刀和斑斓丝线的篮子。"最多人的时候，有一车，三十几个记者一窝蜂地上来，先在这个桌子采访完，换一拨人，再到那边去录。"谭展鹏一边说，一边用手指了指这两张桌子。

"和后来的'同行'相比，我懂的东西比较多"

"小时候一直在搬家，一直都在搬。"谭展鹏出生在1963年的海珠区，在这之前的几年里，"大炼钢铁"运动如火如荼，所有人都响应号召，热火朝天地投入打铁运动中，广州的造船厂、炮厂从败迹中抬头，并且快速生长起来，父亲谭东强本是一名铆工，此时也像其他的中青年一样，进了船厂，靠一门手艺捧起"铁饭碗"。他前后去过黄埔造船厂、新中国造船厂、文冲船厂，最后停靠在广州市航道局。当时，谭东强带着妻儿住在单位分配的宿舍里，由于人事调动频繁，自己又没有房子，为了分到单位宿舍，只能随迁。谭展鹏出生时，家里已经搬到了现在海珠区的万松园，后来又到了鹭江、滨江，前前后后搬家十几次。宿舍多是以前样板楼的两房一厅，俗称"孖仔房"，两个房间以及大厅各住一户人家，三户人住在一起，共用厨房和浴室。谭展鹏一家四口通常被分到"大房"，十平方米左右，房间里搭着一个阁楼，他和弟弟睡阁楼，父母亲睡下面。

广绣在20世纪80年代走到"艺绝人亡"的境地，当时的陈少芳担任着抢救广绣、保护革新的重任，一刻不得闲，经常要在家创作绣品的底稿，还要帮政府画大型的宣传画。由于住宿条件低，空间狭小，"两兄弟睡的那张床经常都要揭起床铺，竖起床板来给她在上面作画，所以我们是没有地方睡觉的，就只能在旁边看着她画，等她画完了我们再睡觉"，在谭展鹏描述中，母亲对两个孩子的绘画启蒙显得自然而然，润物细无声。

1971年，广州少年宫开设的美术班第一次招生，8岁的谭展鹏通过考试，正式系统地学习以苏式理论为主的美术理论，遵守苏联最严格的训练方法，当时每间小学只有一个名额，这让他觉得尤为可贵。这一待，就是十年。1980年，他从学校毕业，同时也离开了少年宫，找了一份服装设计的工作，"首先我要养活我自己"。受到母亲对待广绣作品时常革新的思想的影响，他尤为注重服装中的刺绣设计，凭借着独到的目光和与国际接轨的初尝试，订单像雪片一样飞过来，作为服装厂的外聘师傅，他的设计占总订单的四分之三，他这一颗小石头，竟扬起了不小的浪花。

他的工资比厂长还要高五块，厂里的领导有意劝他转正，但是却要求他把户口从广州市区迁到番禺。他不太乐意，又想趁年轻去外面走走，于是便辞去了服装设计的工作，以职工子女的身份进了谭东强所在的单位——广州航道局。当船员的那一年给他影响很大，他在船上学会了很多"保命"的技能，海上没有消遣娱乐，也并不太平，每天清晨的薄雾笼罩海面的时候，他总是拿着画笔和纸走到甲板上，看一轮红日在地平线升起，橙色的光把风帆映得通透，他喜欢这种磅礴的宁静。现在，展厅的左侧墙壁上就挂着一幅油画风格的广绣作品，上面画着旭日东升，风帆鼓鼓，名叫《一帆风顺》，那是他评大师的作品。

他在海上度过了一年零八个月，到了转正前夕，他又放弃了，上岸到航道局的机关当学徒，做党群路线建设工作，他在政工办、工会、团委转了一圈，搞过宣传，甚至抓过计划生育，"那时候我很忙，每天都很忙，是出了名的'消防队员'，但是我觉得再在机关待下去无益我的发展，所以又从零开始，下了工地，搞项目，在工地里学的东西，掌握的知识不同，开挖航道、开港的时候工程很大，调动船只，每天几万的开支，一个月就几十万，走的路线不对就会浪费钱。我后来去过崖南工地，珠海工地，防城工地，眼界一下子就大了。"

1999 年 12 月 31 日，他辞退了项目部主任的位置，回到广州，准备回归广绣行业。游历一番之后，他有意地选在这个新旧世纪交替的时间节点，当千禧年的第一声新年钟声响起，他觉得自己自由了。

和传统的手工艺人不同，在这将近二十年的锻炼里，谭展鹏掌握了很多管理和实践方面的经验，但是另一方面也没有停止过美术和设计，他带着这些经验想要回来盘活广绣，做出了很多区别于其他民间艺人的事情。

"我是这个行业走得最远的人，也是走在最前面的人"

广绣在清代中叶极其繁盛，一面给宫廷供货，一面走海上贸易，把大批精美的绣品输送到中东地区，可谓是供不应求。20世纪七八十年代，因为耗工大，成本高，一大批手工艺人转行谋生，广绣遭遇重创，几成绝艺，被人淡忘，没于苏绣等其他三大名绣之中。陈少芳所在的研究所什么都会"研究"一番，像广彩、玉雕这些，她都有接触，但是最终她还是选择了广绣，并且筹建了广绣艺术研究所，担起复兴广绣的重任。

2000年1月1日，谭展鹏回归刺绣行业，他并没有马上接手母亲"家庭作坊"式的研究所，当时的市政府和外经贸办给他介绍了一份更好的工作——与一个美国的服装品牌VIGOSS（USA）合作，专门负责旗下的牛仔裤花纹设计。他还是偏爱刺绣，但是机械大批生产不可能用人工绣制，所以他和妻子掌握了用电脑制图设计刺绣底稿，样板用手绣，量产用电脑操作的机绣方式。果不其然，这一次,他们又引领了牛仔的新潮流,加了刺绣之后的牛仔裤受到人们的喜爱和追捧。在广州增城的机绣厂,他们甚至一天要工作20个小时,休息时间极短,工作强度大,另一方面,家中的两个主力不在,研究所里的陈老师年迈虚弱,力不从心。

2006年发生了一件"不大不小"的事,广绣入选国务院颁发的第一批国家级非遗名录,而陈少芳成了"广绣唯一的传承人",随后,谭展鹏也被评为广绣的非遗传承人,广绣的抢救和传承更加迫切了。聚光灯一下子全打在他们一家人头上,社会上的人都希望从他们身上看到一个"死物"复苏的奇迹。媒体前呼后拥,上门拜访的人络绎不绝,一天接到三十几个活动邀请,还要帮忙拍广州形象的宣传片,谭展鹏变得更忙了。

当时的工艺美术研究所,不做生意,没有买卖,当然也没有面向市场,陈少芳的几幅代表作虽然惊艳了一大批未曾听过广绣或者早已对广绣灰心丧气的人,也被众多领导赏识,给广绣打了一剂复苏的强心针,但是其往后的发展状况不明朗,缺钱缺力,行业持续式微。这时,谭展鹏突然捕捉到一条若隐若现的链子,他后来跟我比划道:"广彩、广绣、牙雕这些就是一个个果子,社会是一棵大树,果子离了树不可能成长、存活,树也不能不给果子提供营养。政策很好,但是我们不能只求补助,要做到不找'市长'找'市场',我们的思路应该转变,先要有资金流动,盘活自己,再用已有条件去拔高技艺,吸引另一批人。"他认为"所有不能兑现经济的文化或者设计都是'耍流氓'",传统文化必须回到市场里保护。所以,在同一年的六月份,他和妻子黄敏健解除与VIGOSS（USA）的合作，回到荔湾区，和母亲陈少芳一起开了一间"荔宝坊"，专门做广绣商品的研发和买卖，由研究所转型为个体户，真正以自己的名义开始做生意。一路走下来，在这十几年间，由于各种政策的调整，社会变化剧烈，"很多游戏规则都改变了"，他们又由个体户变成商行，由商行转成公司，产业的名字也从"荔宝坊"变成"鹏歌""鹏晖""颂鹏"等等，一直到现在的"鹏喜"公司。

谈到他将广绣这个技艺融入民用产品的技巧时，谭展鹏把手放胸前掌心相对，虚弯手指，比了一个圆圈，他把这个比喻成一个井口，说："很多手工艺人，只是正儿八经的传承人，日夜废寝忘食地打磨自己的技艺，他们在井底看东西，而我，在这里——"说完，他把手抬高放在眼睛的高度比了比，这是一个俯视的角度。他把广绣和服装结合起来，到处找订单，将广绣融入天花板、床靠设计，甚至包括酒店大门，同时还有很多衍生品，像T恤、包包、帽子。一手抓住大众化生产，同时，他也没有忘记抓高端的艺术创作，时常对广绣作品进行新的尝试，很多政府部门、外事机构都曾拿着他们的作品去做礼品。因此，他还加入了中国国际商会，随行去过几次国事访问……这样一系列的转型升级使谭展鹏一家更加瞩目，其他自身难保的广绣艺人紧盯着"陈氏广绣"的动态，这边一有改革和创新，那边马上跟上，他戏称当时有一个说法是"陈氏咳嗽一声都有人录音"。

实际上，在谭展鹏看来，这些荣耀都是一些虚幻的浮光，但是苦难却是真实的。

在"荔宝坊"成立不久的时候，当时做广绣根本不赚钱，很边缘，所以他们只能把规模一缩再缩，尽量降低成本。"绣工洗澡的时候不小心发生过火灾；去银行取钱回来的时候被邻居拦下报警说我们印假钞……所以我们就一直搬、一直搬。当时我们一直是很漂泊的，非常艰苦。"谭展鹏说到这里，停顿了一下。我问道："这样工人会不会流失很多？"这时一直在桌子旁边默默地绣着锦鲤的黄敏健插了进来，眼睛亮晶晶的，闪烁着欢快和怀念，笑着说："没有喔！当时那些人很淳朴的，跟了我们很多年，个个都是年轻女孩子，不会流失的，个个都对我们很好，她们都知道我们很为她们（着想），一直跟我们搬，后来到了这里，然后大家就安定下来了。"

现在已经没有了工人，在过年前，谭展鹏把三台绣花机器都卖了出去。

十年前，谭展鹏很看好机绣，一直都认为机绣是有出路的。但是走这一条路，不仅要养机器，还要养"人"。

购置和维护设备花光了谭展鹏的积蓄，他为此卖掉了家里的一套楼房。靠个人的力量难以吸引可以养活机器运作的订单，而且辛苦开辟完，花了一两个月的心血设计出样本和初稿，到头来跟客户估价的时候，他们觉得太贵了，就甩手走人。一而再再而三的打击之后，他的信心好像一点点被消磨完。"有很多这样的事例，我不是神仙来的，我付出了成本，最后还要把机票钱都亏掉，在这样的情况下，唯一的方法就是缩小规模，等退休。"

"非遗"并不是要一成不变

这些年给他的全都是打击，但是人家只是看到他风光的一面，他对"传承人"、对平日讨论得最多的"文化"有些厌倦了，他觉得他不是一个纯粹的手工艺人，有满腔的热血和信心，坚信通过自己的力量这一行一定能复活。

他太渺小了，渺小到不断缩小规模，最后窝在这个砖房的第二层楼里，他一己之力创造出来的东西被粉碎，就像螳臂当车。他承认广绣是一门落后的产能，已经淡出社会，"各行各业都有大把东西干的时候，是我们自己找不到出路"。

这几年的发展环境又不同了，他看到相关工作人员可能不够了解广州的本土文化，难以转变思路。他觉得，假如眼界还停留在井底，手段还停留在过去，审美情趣还没有进步，民间工艺就活不了，充其量是一个活化石。

谭展鹏现在还要接很多培训课和讲座，很多都是没有报酬的，相当于做公益，是一名专业领域的知名人士的义务，但是他现在接的越来越少了，因为他还要忙自己的事情，精力分散不开。

"'非遗'的意义之一是能让想要了解这一方面的文化的人能够彼此联系上，就像你。"谭展鹏笑着说，再给我添了一杯茶。

在我刚到的时候，他们夫妻俩一直在找一根连接手提电脑和电视屏幕的数据线，满屋子地翻，他下午要给广州市非遗中心的工作人员上课，尽管桌子上堆着一沓关于广绣和非遗的材料，他还是觉得连不上屏幕课程质量会大打折扣。我快要离开的时候，他一边挽留我吃中午饭，一边督促他的小学徒骑车去找电脑店买一根数据线回来，在上课这件事情上，他没有半点糊弄的意思。不大的工作室里堆满了精美的绣品，均细心装裱好放在特定的位置，在柔和的黄色灯光下泛着特殊的光泽，足见主人对它们的喜爱。桌子上也有几个尚未完成的用作教学讲解的绣绷，两条金鱼活泼灵动、栩栩如生。谭展鹏和妻子黄敏健平日还在为各种工作奔忙，他们好像一根蜡烛，历经风雨飘摇透出一缕名为"传承"的火光。

（文/关星杨）

不一般的传承

省级"非遗"项目榕城漆艺的市级代表性传承人杨细容,凭着对漆器的执着与热爱,积极投身于揭阳漆艺的研究、传承与传播,不仅复原了已失传五十年的揭阳绝技——刻填彩漆画,更制作出了被赞为"漆器之首"的犀皮漆器,用精湛的技艺让人们再次领略揭阳漆艺的独特魅力。

早年从艺

"14岁的时候,父亲去世,我从老家揭西棉湖到揭阳工艺厂顶职,和我大哥一起共事做漆艺。""我的手艺很大一部分是师承大哥的,我大哥的手艺特别精湛。"

杨老师小的时候,父亲和大哥就已经在揭阳工艺厂上班。父亲师承揭西棉湖"排叔",一位油漆组的老师傅。杨老师至今还记得,在那个年代,父亲偶尔回家,给人家做漆眠床,要躲在房子里,把窗都遮挡起来,不让其他人知道。"补灰、裱布、上漆……"杨老师娓娓道来。

从小耳濡目染,杨老师更深深的被这门手艺迷住了。"我觉得我是从基因里喜欢这门手艺"。

对于父亲,杨老师常提起童年时的回忆,而对于大哥,杨老师更多提到的是在揭阳工艺厂的日子。

"那个时候我们要当三年学徒才可以转正,这三年就是在不断地搅拌大漆、打磨大漆,跟大漆打交道,给老师傅打下手,有什么不懂的问题也可以随时问,师傅都是很无私的把手艺传给我们,我大哥也在那个时候教了我很多东西。我大哥手艺特别精湛,可惜八年前,才60岁的他就去世了。"

基因和血统奠定了杨老师对漆器手艺的喜爱,只要沉浸在这门手艺之中,杨老师内心就倍感安宁和平静。漆器手艺是杨老师的精神支柱,凭着这一份热爱,杨老师坚持了三十多年;凭着这一份热爱,杨老师复原了老父亲的刻填彩漆画的手艺,开创了潮汕的犀皮漆器;凭着这一份热爱,杨老师开始申报这门手艺为"非物质文化遗产",通过送作品参展、获奖,且为《中国民间工艺集成·广东卷》撰写"脱胎漆"文章,参加各级"非遗"工艺精品展演,希望更多的人能够了解揭阳传统的漆艺。

复原漆器失传手艺——刻填彩漆画

"当我第一次看到老父亲的这件作品,听说这门手艺已经失传,内心很不是滋味。作为女儿的我还在这里,这门手艺却失传了。"

2015年年底,"万紫千红——潮汕平原孕育的民间工艺大观"展在广州陈家祠展出,消失了数十年的刻填彩漆画《蔗糖丰收》惊艳亮相。作品展示的是甘蔗丰收季节,揭阳糖厂码头一篇繁忙的生产景象。以黑为底的作品,层次丰富、色彩艳丽如新,具有独特的美感。刻填彩漆画不同于一般的漆画,看似平滑的画面,当用手轻轻触摸时,才感觉到所有彩色的地方都是凹下去的,黑色纤细的线条却是凸起的。

这幅刻填彩漆画是在杨老师还没出生的时候,她的老父亲和厂里的其他师傅一起做的。一个人负责画稿,杨老先生负责做推光漆板,两个人负责把稿复制到漆板上,用刀雕刻。刻填彩漆画板黑色是凸出来的,彩色是凹下去的,又因为漆板跟玻璃一样光滑,刀要是不小心划到漆板,就没办法恢复,所以雕的难度特别大。"大漆板做得特别辛苦,是杉木做的,做的还要在两面涂刷生漆,将麻布裱褙在木板上,平整、压实,继续在上面刷漆、批灰、修补、打磨,循环反复、层层积累、层层阴干,刻的时候刀会滑,要是不小心划到,一切要从头开始。"那个时期,杨老先生和厂里的其他人做了很多彩漆画,每次都被厂里拿出去展览,后来这件作品就被陈家祠博物馆收藏了。因为花费工夫太多,这类作品也就慢慢不做了,所以这五十多年来,都处于失传状态。

"我的大哥直到去世前,还不知道老父亲有作品被博物馆收藏了。而我作为女儿,听说父亲的手艺已经失传,内心很不是滋味。所以回到揭阳,我就尝试做了这个彩漆画。特别难,我做了三个没用的,才终于有一个成品。"

《蔗糖丰收》由杨老师傅、陈成光师傅等人集体创作完成,而杨老师却凭借一己之力,在废掉三块大漆推光板后,终于独自完成了一幅刻填彩漆画《花开富贵》。杨老师傅他们四个人、一个负责画稿、一个负责大漆、另外两个负责雕刻,而当年制作的老师傅有的已经离世,在世的也已近耄耋之年,没法帮忙,又不甘心父亲的手艺就这么失传,就抱着试试看的心态包揽了全部工作。"以前我在工艺厂做漆艺用的一些雕刻刀具都一直在我的工作室里。全部只能自己做,实在找不到其他人帮忙。为了不让人说这门手艺失传了,这份执着,支撑着我继续做下去。"

而当听闻杨老师傅等人还有其他作品被博物馆收藏,杨老师表示理解,甚至感到庆幸,还好那个时期博物馆保存了这些工艺品,要不然现在都看不到了。"前些年陈家祠的馆长去看望一位老手艺师傅,当说到'您有一件作品被我馆收藏',老人家握着馆长的手激动地哭了,说'谢谢您们,把作品保存起来'"。

以前工艺厂的手工艺人就是领活干的,做完这些一个月给多少工资,其中不乏手艺精湛的艺人,他们的很多作品在自己不知情的情况下被工艺厂的领导拿去参加展览,继而被博物馆收藏。在那个年代,被收藏的作品只有作者的名字,而老师傅逐渐离世,制作过程和技法却没有记载。杨老师当时把在工艺厂参与、看到老师傅制作过程的亲身经历以文字形式提供给博物馆，还帮忙寻找老师傅的后代了解身世，为博物馆编辑书籍提供资料。

弥补潮汕漆器空白——犀皮漆器

"从我开始做到作品完成，用了三年的时间，不为什么，就为了心中这份喜爱。"

2015年，在深圳文博会上的一件独特的犀皮漆器让杨老师着迷，"那时候还不知道其名称，也不知道它的工艺技法，但它那看似不规则却自然流畅的一圈圈肌理深深吸引了我。"虽是一件静物，却呈现出流动的美感。深圳的文博会是国家级的，一年举办一次。全国各地大师带着他们精美的作品去参展和评奖。"在那次展会上，看到这种漆器特别好看，特别有趣。说实话，在揭阳工艺厂金漆组从事做大漆、推光漆、贴金工艺已三十多年的我，第一次见到这种纹理漂亮的漆器。回到揭阳，先后走访了多位老师傅，向他们请教。但他们都表示不知道怎样制作。"

从那以后，杨老师就开始上网查找资料，最后终于查到了这是一种发源于江浙一带的犀皮漆器。潮汕地区的史料上没有记载过，这萌发起了杨老师想自己做一件犀皮漆器的动力和决心。"不过最主要的是我觉得这个不会很难，我看了网上的视频。"

看起来不难，做起来就很难了。三年的时间，不是闹着玩的。有的时候已经结束了一天的工作，到了午夜，杨老师还在工作室，想着下一步该上什么色漆。只因为喜欢这门手艺，想去做这门手艺，不带任何功利性。"三年的时间,做掉很多废品。当我作品做出来的时候,有北京的老师马上就发微信邀请我合作,制作成高端的适应市场的产品,我至今没有答应。我做这门手艺,不为了什么,只为了遵从内心的想法。这种漆器,有趣在于做了几十道工序,到了最后打磨的时候,你才会知道做出来的效果。每一件作品都是独一无二的,他们的纹理都是无法复制的。"

杨老师向陈家祠捐赠的脱胎犀皮漆瓶,在"岭南民间百艺厅"进行长期展出。馆里领导特意从库房拿出了1960年她父亲杨老师傅制作并被收藏的脱胎暗花推光漆花瓶《新八宝》和杨老师的作品放在一起。"一股热流从我的心里涌出来,让我禁不住热泪盈眶。"聊以安慰的是,自己没有把父亲的手艺给丢了,还能够有所创新。

传承与传播潮汕漆艺——申请"非遗"

"我现在不只是为了兴趣,这份兴趣依然存在,但是我现在更感受到我有一种责任,传承我们杨家这个家族的手艺。"

杨老师说在记忆之中,只要想到这门手艺,她的心就会安静,因为她特别喜欢漆艺,她享受这个过程。杨老师的先生在证券公司工作,日常的经济足以支撑起这个家,所以她不用靠这门手艺去养家糊口。

"我凭着兴趣,做到现在,去申报非物质文化遗产。从最底层开始申报,榕城区到揭阳市,再到广东省,中间还要间隔一段时间,三年来,一级一级申报,现在已经是广东省非物质文化遗产的名录了。"

杨老师提到，只有愿意去喜欢这门手艺，在做的时候，才会感觉心情很好，有精神寄托，才能一直做下去。要是不够喜欢，就没办法坚持下去，因为做这门手艺是很孤独的，很忘我的。有时候为了这件漆器做得漂亮，要不急不躁慢慢打磨。大漆不像化学漆，大漆很容易受到气候的限制。但是天然大漆制作工艺品的效果远远不是化学漆能达到的。用一碗漆，尤其是推光漆，天气热就不干，天气一下雨或者潮湿就特别容易干，还容易起皱，所以要掌握好这个度，需要经验丰富的漆艺师傅才能做好，就其中一道工序名称为推光大漆，上漆时要用牛毛刷把黏稠的大漆刷均匀，然后用中指和食指抚平漆好的线条，再用牛角刀压平面，入湿房阴干，隔天用水砂纸蘸水打磨，力度要控制精准，用力过度则磨破漆层，力度不够则无法磨去粗点，这极考验漆艺人的耐心和细心。磨好后再用手掌沾石瓦灰，经来回上百次反复推光，直到光滑如镜才算完成，整个过程很费时间和精力。

手艺也要适应社会的需求。像金漆木雕，家居就有很多需要的，像房子装修挂一个金漆木雕上去，品位就提高了。

中国四大木雕体系，东阳木雕、黄杨木雕、龙眼木雕、潮州木雕（金漆木雕），前三种大都以素雕著称，唯独潮州木雕是以髹漆贴金称金漆木雕闻名于世。潮汕人民特别喜欢金碧辉煌的东西，祠堂、庙宇都是彩色或贴金的，若还是白坯就是还没完工。

杨老师一贯遵循传统工艺，擅长贴金、脱胎漆器和推光漆器，且以天然大漆为原材料，在潮汕及周边很有名气。工作十分繁忙，天天都在为居家摆件、祠堂庙宇、建筑木雕、牌匾、楹联髹漆、推光、贴金，每天都做不完。但在近几年，尤其是近三年来，她把自己的工作重心转向传统漆艺的研究、再现，不向外接收贴金购件。她认为趁着现在还精神好，眼神好，做一些自己喜欢的、可以收藏的作品，这样很有意义。她致力带作品去参展，把揭阳的传统漆艺传播出去。她感觉身上有一种责任，在揭阳地区，需要有手艺人代表揭阳去参加活动。

在刚过去的周末，杨老师刚刚在广州美院开研讨会，回来后感触很深。她感到传统和现代的结合，是跨界的两个东西。困难是肯定的，但希望这一天会到来。

至于这门手艺的传承，杨老师坦诚"看缘分"。"做这门手艺是需要耐心和孤独的，是没办法速成的。我做个脱胎花瓶给博物馆收藏，我做的时候对面的房子在装修，等到房子装修好了，我的花瓶还没好。这件脱胎花瓶，全部是用大漆做的，不到半斤重。这些要先做一个胎膜、刷漆、上漆灰、披上麻布、刷漆、上漆灰、刷生漆、反复打磨多次，里面的模型要一点点弄干净，剩下漆胎，叫做脱胎，有句成语叫"脱胎换骨"就是差不多的意思。在修形状的时候，更加需要细心和耐心了，而做最后打磨推光的时候，手指也因为无数次蘸瓦粉在漆器上来回推磨进行推光而磨得没有了指纹。我有的时候从工场回来，都是晚上八九点。当专注某件事情的时候，总是忘记时间。"

在这个时代，很多人都在追求金钱、追求市场化。可是大漆就是大漆，不花费时间、依靠机器都做不出这种效果。手工还是手工，传统手艺是机器不能替代的。即使现在有机器和电脑代替，却没有手工的味道和韵味。

做漆器，一定要静下心来，不为外界喧嚣环境所影响，唯有坚持匠心精神，不负光阴，慢慢打磨，才能做出好的作品，才能散发出作品的温度和魅力。"你要潜心和作品对话，把他当成好朋友，在自己的能力范围内，在自己的要求之内，做到最好。"

杨老师提到："每次参展我都自己带作品。我担心托别人会不小心摔坏了。每一件都倾注了我太多的心血，上面的每一个纹理，每一个圈我都了如指掌。因为每一个纹理都是我细心、耐心打磨出来的。"

"愿意学的人肯定还是有的，毕竟技多不压身。就是他们能够做到哪一步，才是最为重要的。"

后记

杨细容老师传承了父亲的传统手艺，并且有所创新，是值得敬佩的一件事情。除此之外，她的家人为其提供的支持也不可忽视。在访谈中杨老师谈到了儿子，脸上满满的自豪，但是她知道，要尊重孩子的兴趣。她把漆器放在架子上，这么多年了，儿子从来没摆弄过它，所以杨老师也不强迫他继承自己的手艺，让他选择自己喜欢的计算机专业。这是开明、热情的一家子。

（文/蔡楚萍）

一纱一线,缠绕过往与未来

　　清光绪十二年,驻汕头德籍领港员的妻子作为传教士在潮汕地区传播教义。在传教的过程中,她发现潮州的妇女绣艺十分精湛,具有引用的价值,于是将自己所学的一些抽通的知识和技术传授给女教徒。西方的刺绣方法——地地道道的抽纱,理论上就是根据不同的图案,在纺织物中把经线和纬线抽离出来,然后绣出不同的图案。不同的抽离的方法适合不同种特定的图案。绣工将潮州刺绣的技艺与欧洲的抽通技术相结合,经过不断探索和实践,形成了别具一格的潮州抽纱。

　　旧时的潮州,由于传统的风俗习惯,时年八节都要祭祀祖先和"拜老爷"。祭拜需要彩牌,因此刺绣就作为祭祀用品频繁出现。当时的女子10岁上下,便在母亲的指导下开始学习绣花技法。清光绪二十九年,潮州陈桥人丁慧龙在潮城创办发合号,成立了潮州第一家抽纱商铺。随着抽纱技艺日益在潮州普及、逐渐发展成为一门潮汕中青年妇女普遍掌握的技艺，抽纱也成了当地的一项重要的经济收入来源。

"要争分夺秒一直做"

随着时间的推移，抽纱技术日渐成熟，慢慢地，就形成了一种按照西方人的要求发展起来的商品。这种把西方的风格结合西方人的生活习惯，融入潮州的刺绣工艺，再委托中国绣工进行加工并生产出他们所需的日常用品的过程，就是抽纱的过程。

郑春出生于20世纪60年代潮州登塘镇的一个小村落里，她是家里的长女，才十几岁就熟练掌握了"钩花"（抽纱中的一种技法）。每天上学下课，她都把钩针带在身上。上课时，老师在讲台上讲课，她就在课桌底下偷偷钩花，边上课边做。下了课回家，也来不及做作业，就趁着天还没黑多做几个钩花。郑春说："当时一天做得多的话，可以赚一块钱。更多的时候，郑春都将做好的'钩花'上交给生产队，换取一定的工分。"

郑春家里还有三个妹妹和一个弟弟，在最年幼的妹妹出生之后，家里需要更多的工分换取口粮。这时候，郑春和二妹就必须钩更多的"花"，来支撑家庭的经济。

随着郑春逐渐长大，抽纱这种绣艺也快速发展，开始出现了机绣。所谓的机绣，就是用机器代替人工绣图案。机绣提高了生产的效率，郑春也开始到村里有缝衣车的地方学习机绣。郑春聪明能干，很快就上手了。在村里，郑春的手艺是数一数二的，她机绣的速度给一同干活的人留下了很深的印象。速度一快，每天能做的绣品就更多了，但是获得的收入却并没有增加多少，对一个大家庭来说还是捉襟见肘。

郑春的父亲是镇上医院的医生，工资难以维持这一大家庭的生活。所以即使收益微薄，郑春也不舍得放弃一丝一线。她说："要争分夺秒一直做一直做，才能减轻一点爸妈的负担，家里的弟弟妹妹才能吃上饭。"

与郑春的家庭相似，在当时的乡村，家里但凡有两三个女儿的，从很小的年纪就会去生产队"做花"。如果家庭经济能支撑这些女孩上学，她们便会利用上学前和上学后的时候，天微微亮的四五点钟就起来钩花；在学校上课时，也争分夺秒地做；一放学，就一直做到天黑。而经济不允许的家庭的孩子上不了学，年纪稍大时，白天就会跟着父母下地帮忙种田，晚上从农田里回到家，还要争取时间"做花"。家里孩子多，单靠一种途径来维持生存，实属不易。逐渐地，抽纱也就成了家庭主要的经济来源。

郑春的姑姑那时是乡里为数不多读完高中的女孩。当时，每个大队都有一个抽纱场。高中毕业后，姑姑就被乡里的所谓"妇女领导"叫去抽纱场帮忙。姑姑聪明伶俐，学得很快，做得也细致认真，在抽纱场里每学到一种新的抽纱品种之后，就回乡里教给其他人。同时，姑姑还需要把乡里生产队做好的抽纱用单车载着送去大队，在大队验收好之后，用布包包好，担上去镇上的抽纱厂。后来，姑姑的技艺受到更多的认可，被推送到镇上属于公社的抽纱厂工作。姑姑负责对各个村送到站上的抽纱进行检查、验收，也叫"查花"。

好的花讲究平整、好看，并且符合图纸的要求，也是客户的要求。姑姑需要检查送上来的花是否有出错的地方，是否有不够规整的地方，哪里出错，就用蓝粉做标记，再让制作的人回去修改。

当时对于抽纱的管理水平相当严格，因此制作出来的花质量很好。可以分为两方面、三等级的管理。第一方面是制作，其中第一等级的管理是抽纱厂的检验，第二是抽纱公司的抽样管理。抽纱公司按照不同抽纱厂的信誉度，决定对产品进行全检还是抽样检查。第三等级是汕头的抽纱公司进行检查，第二方面是洗熨部分。驻扎在洗熨厂的质检员，会实地考察洗熨过程中的合格程度。最后一个步骤是外贸公司采用抽检的方式进行检查，只有抽检达到一定的水平，绣品才有资格出口。"经过我手检查通过的，后面就没有不过关的"，姑姑带着点自豪的语气说。

"很多东西在这三十年的时光变迁里全都不见了"

抽纱在20世纪80年代逐渐走向顶峰，家家户户生产出的这类产品是潮汕地区最主要出口的商品。关系到千家万户的生活，抽纱已经成为当时每个家庭家里的经济支柱。

然而好景不长，改革开放之后，枫溪古巷这一带出现了新的就业机会和不一样环境。比起抽纱这么低廉的劳动力，人们辛辛苦苦做出的成果，仅能获得微薄的收入。作为为数不多的经济来源之一，人们对抽纱又爱又恨。

随着改革开放，各方各面的就业机会增加。这些过去的廉价劳动力几乎全部转移。当陶瓷产业逐渐在枫洋古巷兴起时,大量的劳动力开始向陶瓷产业转移。到 90 年代,几乎潮汕所有地区都没有富余的劳动力进行抽纱。因为陶瓷产业的收益远远高于抽纱行业,人们不愿意再从事辛苦又利润低下的工作。因此,抽纱开始淡出人们的视线,至今已经三十年。

在那以后,抽纱行业逐渐衰微。

曾泽是去年刚刚从抽纱公司退休的老员工,他想抽纱这些东西与其一直放在家中,不如拿出来,让更多的人去看,让懂的人接受的人去享受,至少可以重拾回忆,重拾少年功夫。于是他把家中收藏了三十年的抽纱绣品拿出来,在牌坊街租了一个店面售卖。但他说,他开这个店并不是为了赚钱,也不是宣传,而是一种义务。"觉得不应该让这种事物我们这一代断绝,"曾泽叹了口气说:"往大了说,就是历史的罪人。最起码要让现在的年轻人了解。"

当有人因为好奇而踏进店中询问时,曾泽总要强调店里陈列的全都是手工制品,是一针一线做出来的。原本抽纱这些产品已经成为珍贵的工艺品,但曾泽却没有将它们当作工艺品来卖,而是按照 20 世纪 90 年代的价格水平出售。"现在的人本来就对抽纱感到陌生了,所以更不能把它们神秘化。要让这些工艺品回归生活,而不是高高在上。一旦进入大家的日常生活,自然就会有产业起来。至少能勾起 80 年代的人一种回忆。"

这些三十年前的抽纱不仅大多是手工制作,而且质量相当不错,即使是过了三十年,也不变色不发黄。这也得益于改革开放前,抽纱生产地的水资源都是原生态、没有污染过的,因此这些抽纱用品现在仍然洁白无瑕，没有任何斑点和杂质。

在曾泽开店营业的前一天，一对古巷的夫妇经过牌坊街时，惊讶地发现了店里的抽纱制品，"当我还是小女孩的时候夜晚经常在家做抽纱，现在看起来很有亲切感。"这位太太一下子买了几千元的抽纱制品回家，有铺桌子、茶几的，有罩冰箱、柜子的。她笑着说："以前是自己绣了给别人用，现在当然要自己享受了。"

期待再次开启全盛时代

现如今，潮州算得上是有一定规模的抽纱公司，大概只有虹桥桥头的一间了。虽然公司现在还在，但只剩四五名员工，而且都已接近退休的年龄，由于各种原因，也没办法把抽纱的工作继续进行下去。而曾泽说，自己曾是受益者，回馈社会也好，卖掉这些赚钱也好，这其实也是自己的一种责任，如果能让更多人回忆和了解起抽纱，能够让大家把钩针拿出来，哪怕织一条围巾，这种手艺就不会失传。

曾泽回想起三十年前，潮州是全国抽纱品主产区，成功革新创造和推广运用了许多抽纱新工种、新针法。抽纱产品中的精工、高档、技艺要求高、难度大的品种，唯潮州抽纱产区能全程圆满完成。由潮州抽纱女工绣制的《双凤朝牡丹》72×10英寸玻璃纱高档手工绣花台布，1980年荣获慕尼黑第32届国际手工业品博览会金质奖，是中国手工艺品在国际上荣获的第一枚金奖。1981年，又获国家首届工艺美术品百花奖金杯奖。其他多项产品多次获得省、部级大奖。

享有"南国名花"之盛誉。

想到这些光辉荣耀的过去,曾泽不禁叹惋。这三十年来,原本名扬四海的抽纱,在我们国家,除了被列入第四批国家级非物质文化遗产名录之外,丝毫没有任何进展。而潮绣这一传统工艺,虽然在当时其产值远远比不上抽纱,但却能一直延续至今。其延续的契机,其实是市场的需求,也就是潮汕传统文化的需求。潮汕地区的祭祀活动所需的彩牌,都是用潮绣的技法制作出来的,而抽纱是按照西方人的生活习惯、他们的生活用品的规格去做,与中式的大有不同。另外,改革开放之后,做抽纱的劳动力大量转移,劳动力的成本也显著增加,一个工人的基本工资至少翻了五倍。客户接受不了,就失去了市场。由于欧洲依旧对抽纱制品有需求,因此抽纱的产业就被转移到东南亚的国家进行生产。

而曾泽为了不让抽纱在这一代人消失,不仅开了这家店,还让在杂志社当美编的儿媳妇帮他制作一本精良立体的抽纱宣传册,放在店里供人们翻阅和欣赏。他的儿媳妇甚至埋怨过曾泽的要求太过严苛。曾泽说:"要做到让人能直观地了解抽纱是什么的程度,因此严格一点是有必要的。"

"唐朝时期,韩愈从中原来到潮州,为潮州带来了中原的文化,八个月的任职,为潮州人民带来了好的理念和思想,后人也吸纳了好的思想继续经营潮州,后来才有了牌坊街。"曾泽最终选择把店开在牌坊街,目的就是利用牌坊街这一潮州的旅游地标,让抽纱能被更多的人所了解。

但来到牌坊街之后,他感触很大,失望也不小。这条承载了潮州从过去以来发展的历史痕迹的牌坊街,在日本入侵潮州时曾不幸被摧毁了一大半,从20世纪80年代开始重建,直至今日,在努力打造"旅游城市"的同时,重建结果却并不理想。可见和抽纱一样的其他丰厚文化资源也并没能被重新挖掘和利用。

除此之外,随着社会生活节奏的加快,印刷技术的盛行,印花逐渐替代了手作,同时也替代了很大一部分劳动力。20世纪80年代,木浆纤维开始生产并出现纸巾之后,手帕就被排斥。然而随着人们观念的改变,大家逐渐意识到地球资源的有限性,开始注重环保意识。

前几天,一个生活在欧洲的中国台湾人来到曾泽的店里买了几千元钱的抽纱,手帕、遮阳伞、桌布、钢琴遮、床遮等等全都是以手工制作的抽纱制品。他说,欧洲现在为了环保,回归到最原始的生活方式,抛弃纸巾,用回了手帕。

幸运的是,随着时代的变迁,大多数人们的观念也在随之改变,抽纱有望能改变人们日常的生活方式,或许能够成为现代人生活中必不可少的日常用品。虽然如今艰难困苦的日子已经过去,但在全社会的人们重新将目光放到这一工艺上来,将其进行传承和进行符合新时代潮流的发展的同时,也要让不了解历史的年轻人能明白20世纪80年代的人们如何靠抽纱维持生计,懂得欣赏抽纱这一门曾经获得国家最高奖金奖的艺术的独特魅力,进一步宣传和推广被埋没了三十年的艺术瑰宝,寻找长久的市场需求和文化需求,发掘出抽纱新的、持久的吸引点和发展点。

同时,一个地区的旅游文化资源也需要得到重视,有切实的改善措施并落实到实处。不要让其他文化遗产和旅游资源，像抽纱一样，成为几乎随风而逝的、只有一个时代的人了解的快消品，而是发展为代代相传、不断持续发展的历史瑰宝。

郑春、郑春的姑姑以及曾泽，只是20世纪80年代与抽纱结下不解之缘的人们中的几个代表。他们勤劳、聪明、有情义，让抽纱在历史演变进程中，有所进步和发展，同时他们也在尽力地挽救快要消失在人们视线里的珍宝。

正如曾泽在暗暗期待的那样，我们也期待着，某一天能够重新开启抽纱的全盛时代。让过往以来以抽纱为生的人们，能再次忆起那段回忆，让后来者揭开抽纱蒙尘的面罩。

（文中人名均为化名）

（文／苏佳霖）

咸水歌，声依旧

珠江是广州人的"母亲河"，它为广州带来了开放和财富。珠江两岸林立着耸入天际的高楼，水面则映照着五光十色的霓虹灯，这是广州繁华最有力的见证。

如今开阔的江面，在半个世纪前曾是一幅"万艇云集、浮宅连片"的景象。密密麻麻的小艇停靠在珠江两岸，促狭而简陋的棚屋立在江畔，而在这些蓬艇和棚屋中生活着的是世代不上岸的水上人，在广州俗语中被称为"疍家人"。

广州家喻户晓的电视剧《七十二家房客》中的兰姨便是疍家人，而闻名广州的美食艇仔粥同样出自疍家人之手，疍家人与广州的历史有着千丝万缕的联系。但随着历史的变迁，珠江上的小艇渐渐消失，"疍家人"一词也渐渐淡出了人们的记忆。即便是土生土长的广州人，也有许多人已经不清楚这个词的含义。

泛一叶之舟，以四海为家

1972年的夏天，刚毕业的谢棣英来到广州海珠区工作，每天上下班经过珠江边上看到的小渔船让她念念不忘。

20世纪70年代这些渔船上住着的，就是广州最后一批疍家人。"疍"同"蛋"音，原先也写作"蛋"，最原始的写法则是"蜑"。这是最早来到珠三角地区的中原人根据创造合体字的思维定式所造。这是对疍民们生活状态最好的写照，他们以水为伴，与风浪搏击，长期处于恶劣的生产生活环境，犹如蛋壳一般脆弱。

民国年间，著名学者陈序经曾调查疍民的生活状况并撰书《疍民的研究》。据书所述，东起猎德涌，西至白鹅潭，珠江江面约有三万多艘小艇，包括住家艇、运货艇、捕鱼艇、小贩艇等。常年住在艇上的疍家人曾和岸上人相处并不愉快。

新中国成立以后，广州市政府设置了珠江区，专门管辖全广州的水上人。1950年11月9日，在广州市第三届各界人民代表会议上，全会一致通过决议，宣布取消"疍家"称号，一律称珠江区的疍民为水上人民。上岸后，统称为"水上居民"。据统计，1956年至1966年，四万多疍家人上岸定居，这其中，一半当了工人，一半留在江上捕鱼。

在这个过程中，珠江区政府发挥了巨大的作用，陆续建立数个水上人家小学，供水上人子弟读书。这个在历史上仅存在了十年的区政府没有留下什么痕迹，但其功绩依旧留存。现今的后乐园街小学的前身就是曾经的珠江区第七小学，同时也是现今广州市咸水歌的传承基地之一。

谢棣英是滨江街道文化站的前站长，也是疍家咸水歌的非物质文化遗产省级传承人。曾经漂泊在珠江城区流域的水上人如今就定居在海珠区滨江街一带，参与到手工业与农业合作社工作中。所以她最初来到滨江街工作时，曾去到已上岸的水上居民家中探访，想了解他们以前的生活。但当她问起他们在水上的生活，他们都缄口不言。

"他们觉得岸上人看不起他们。假如他们把自己的身世一亮出来，他就觉得抬不起头"谢棣英感慨道，"这种生活非常压抑，是他们很沉重的一个包袱。"也因为如此，甚至许多疍家人的儿女都不知道父母曾是水上人。

"厚着脸皮"地采风

"我的初衷是想要了解水上人。"每天一下班，谢棣英就开始往珠江边上跑。与此同时，她开始查阅资料，想要了解疍家人的历史。就在这个过程中，谢棣英逐渐了解到属于疍民们的文化——咸水歌。

"了解他们的咸水歌之后，我就很想把它那个歌记录下来。"谢棣英产生了这么一个想法，可是，停靠在岸边生活的疍民们都不想提及自己过去的生活，面对每天热情高涨的谢棣英选择了避而不谈。

谢棣英没有放弃，岸边不行，那就找岸上的。广州市已经有一部分疍家人被安置到岸上，海珠区政府为他们准备的公租房就在滨江路上海珠桥到江湾桥这一段。芳村东塱是谢棣英最经常走访的地方,芳村的陆居路,是上了岸的水上人聚居的主要地段之一。因为疍家人自称水上人,对岸上的人则称为陆上人,水上跟陆上是分开的。"所以他们那个思想是根深蒂固,他们不是叫上岸定居,是叫上陆定居。"谢棣英对这一块公租房不可谓不熟。

芳村的公租房外面看起来与其他房子没什么不同,但走进里面却是像积木一样的结构。它不是一块一块砖头垒上去,而是一个大方框一层楼一个框这样堆上去的。第一次进入公租房的谢棣英吃了一惊,每一户人家最多不超过20平方米,每一层有好几户人家,却也只有一个厨房和一个卫生间。"它比七十二家房客还要差。"为了更深入地了解疍家文化,谢棣英成了这栋楼的常客。

"其实它就是对话,他不感觉他在唱歌,反而是岸上人说他是在唱歌。而且为什么叫咸水歌呢,因为大海的水是咸的嘛,它是在大海里唱的歌。"事实上,在疍民们看来,根本就没有所谓的"咸水歌"。只是以前还住在江上渔船的时候,船与船之间隔得远,风声又大,所以彼此只能靠大声呼喊进行交流。

对于自己的过往,疍民们还是心有芥蒂。因此,谢棣英成了"最不受欢迎的客人"。每天下了班,她就跑到厨房里面等着,一旦有人过来煮饭,她就上前搭讪,甚至说着说着还走到了人家家里面。水上人不理会谢棣英时,她就开始没话找话,希望骗得他们开口聊天。"你今天煮的什么东西啊?""你这件衣服我昨天好像见过啊?"

"我是把他们说话的那种声韵,那种表达的方式,按照他们的内容写成歌词。"上了岸的疍家人们不可能再唱咸水歌了,于是谢棣英找了一个新的方法,通过记录声韵再来完成谱曲。由于不是音乐专业出身，声韵方面的记录是谢棣英的短板。南海研究院的孙老师在了解了她的想法之后，十分感兴趣。

于是每个周末他们都相约来到公租房内，开始与水上人们搭话，通过这些日常的语音对话记录下他们的发音规律。来得勤了，问得多了，谢棣英也逐渐认识了几户人家。

"最麻烦就是这个人，又来了。"想起了这名不速之客，年近九十的黄伯不由笑着打趣道："假如不是她这样坚持，其实我们的东西永远都继承不了。"

最后的"城市渔村"与最后的"珠江渔民"

除了已经上岸定居的疍民之外，谢棣英也没忘了到散布在广州各个角落的疍家渔村采风。选择继续与江水打交道的水上人也不在少数。世代打鱼的家庭不曾接受教育，不曾与岸上人打过交道，即使上了岸也无法转行。为了安置这些水上人家，广州市政府1966年在东南郊划线建立大大小小十五个渔村。而大半个世纪过去，当初划定的15个渔民新村，如今只剩下莲花山、新洲和九沙村了。

远离广州城区的番禺东星村坐落在莲花山脚下，虽然地处市郊，但这里的交通显得方便许多。背靠山面朝海，村子里的一栋栋小二层的乡野别墅鳞次栉比地排列着，显得无比的整齐与气派。而在村子的最北边，有着一条狭长而蜿蜒的水泥小道，小道旁立着一间间由木板和铁皮搭建起来的小棚屋。

棚屋临水，那是珠江入海口旁的一个小水塘，木桩没入水中，与水相接的地方布满了青苔与蚌壳。棚屋间空开了一条小栈道,可以径直通往水边。栈道下的夹层养着几只鸡,而临水的一侧便杂乱地泊着大大小小几十条渔船,渔船的主人们,大多便住在这些略显简陋的棚屋里。

当谢棣英踏上这条水泥小道的时候,一位头发灰白的阿姨正蹲在棚屋间编织着渔网。阿姨姓吴,打小就在渔船上长大,几岁大就开始织网,这门手艺早已烂熟于心。上了年纪之后,这门手艺也成了她补贴家用的手段。

"哎呀那些打鱼生活就那样,一个浪打上来全身都湿透了。"吴阿姨抬起头笑着说,手头的工作却没有停下,但是她却不怎么愿意提及以前的生活,"时间过去太久,现在都不会做那些活了。"

这些住在棚屋里的老人们,都曾经是莲花山下的拓荒者。他们来自黄埔古港,并非东星村的原居民,在八十年前,年仅12岁的彭老渔公被迫来到了这个荒无人烟的"烂树烂田地"。刚被从黄埔古港赶到莲花山的渔家们,除了打鱼生产之外,还要肩负起开荒的责任。"我们都不愿意下来的"年逾九十的老渔公发出了这样的感慨。来自黄埔的他们,最终改变了这块荒地,并定居至今。

可是当这里成为番禺区的一个渔业码头之后,却好像没有人记起他们曾经做出的贡献。"我们都没有退休金的,一个月就六百来块钱,当然不够用啦。"75岁的梁婆婆看到学生记者的来访,停下了手头的工作,"现在都是靠织网过生活,平时儿子再给一点,省省就好了。"那所谓的六百来块钱,还是梁婆婆自掏腰包,花了快四万块钱才买下的农村养老保险。

谢棣英还注意到，这些老人们大多在渔业生产中落下了病根，年近九十的彭婆婆就因为打鱼落下了残疾，严重变形的右手时不时会作痛。

"我是做不了了，腰痛得不行。"吴阿姨的身体已经不允许她下海打鱼，她遥指棚屋后的小渔船，"渔船没人用，暂时就放在那里。"她的儿女都不再从事渔业，选择了外出务工，基本上在小棚屋里长大的年轻人们都离开了渔船，走向了莲花山下和石基村的工厂。至于更小的孩子，他们则在附近的莲花山小学读书上课，不再过着以前四处漂泊、没有机会读书的生活。

现在村子里基本上没有还在打鱼的村民了。虽然是周六，但是水泥小道旁的棚屋里并没有看到年轻人们的身影，他们都选择住在村里的小洋房中。由于在工厂里打工，年轻一辈回到家中基本上已经六七点，而老人们却习惯了四五点钟就吃晚餐，生活轨迹的不吻合让老人们选择独自居住在小棚屋里。"这条街都是这样的。"梁婆婆在熬着龙胆汤，准备着自己的晚餐。

"疍家佬疍家婆都有叫，都是那些村里人叫的。"聊了许久，梁婆婆终于对谢棣英说出了大家都避而不谈的过去，她的脸上依旧带着笑容，"现在的生活好多啦。"

遍寻几十载，坚守疍家缘

20世纪90年代，谢棣英已经写了快十年的咸水歌，一百多首全新创作的歌曲成了她的骄傲。为了更好地传承这一份文化，她决定走进学校,把咸水歌传播出去。

1949年到1958年,珠江区政府建了九所珠江区水上子弟的小学。说是建了一所学校,但它并不是真的建了一座新楼房。比如说在大沙头,区政府改建了一艘不能再航运的旧船作为学校,就成了第三小学。而现在的后乐园街第七小学,就在江边滨江西那里,上了岸就可以到。这个小学刚开始创办的时候是寄宿的,它与疍家文化有很大的历史渊源,所以谢棣英就选择了后乐园街第七小学作为咸水歌的传承基地。

"我觉得每次去上课,他们那些同学都很感兴趣,我都想象不到。我以为小学生是出于好奇,但是我去大学讲课,他们也很感兴趣地听讲。"

其实,疍家文化与星海音乐学院也有着一定的渊源。著名音乐家冼星海也是疍家人,谢棣英开玩笑道:"冼星海在妈妈的肚子里是整天听着大海的声音成长的,所以他那么多的进行曲,都那么经典隽永。"

到了2003年,创作了足够多咸水歌的谢棣英决定寻找一个更加合适的方式来保留、展出这些文化。在朋友和专家的建议下,她决定建一个博物馆。

办博物馆的过程并没有谢棣英想象中的那么轻松,身为文化站长的她找到了海珠区的区长,提出了自己的设想。区长没有马上答应谢棣英,而是让她自己想办法去找一块合适的地方。谢棣英找了许久,最后敲定了在滨江街道办事处旁的一个小厅,征得区长同意之后,她开始了一系列的准备工作。

首先是招标，招标前需要一个完整的计划。于是，谢棣英连着赶了三四个晚上，才把计划书做了出来。接着，她就拿着这份计划书，登门拜访一家家公司，与公司的老板沟通，以期能得到资金上的支持。在谢棣英看来，只有公司的老板足够了解她的经历，才能知道她究竟想要做出什么样的效果，而且愿意听她的话去办博物馆。可以说，谢棣英对这个博物馆抱有很高的期望："有这个情感去投入，他们按照我的思维去搞。不然他们不了解水上人家这一切，做出来的东西就没有情感。"

敲定完合作事宜之后，谢棣英还要为博物馆准备一块牌匾。由于她研究的疍家文化范围基本上集中在滨江街道，所以她想要找一个滨江的居民来写这块牌匾。经过了一段时间的寻找，谢棣英终于找到了中国书法家协会的会员张国强。

不过要人家写一个字得花上八百块钱，她实在拿不出这样一笔钱了。好说歹说，甚至连"求求你"都要说出口了，张国强最后终于答应免费为博物馆题字。"他就是真的被我感动了，我跟他讲我搞博物馆的那些故事嘛，他说那行，我就免费给你写。"

除了博物馆的筹建之外，馆内的每一件展品都是谢棣英自己到各个地方收集来的。博物馆中的那艘小艇，是谢棣英从番禺花了三千块买回来的，而这还没算上一千块的运费。买回来的船是烂的，于是谢棣英就找了博物馆的承包商，一起花钱把它给修好了。参照历史上的照片材料，谢棣英还到泰康路卖竹子的小店买了竹丝，回来给小艇加装了一个棚。

"实物部分我都是自己掏钱的。"谢棣英为了博物馆，大大小小买了几十件展品。从渔船到渔具,从棚屋到衣服,这些东西的背后都真正烙上了疍家的痕迹。

她花了五年的时间,筹办水上居民民俗博物馆,写策划、找资金、寻实物,她身体力行,终于在2008年11月200平方米大小的滨江水上居民民宿博物馆在滨江街道落成。

谢棣英凭着自己的想法弄出来的淳朴的博物馆,在开放后吸引了不少的人来参观,甚至还包括了外国友人。但其中最重要的参观者,还是疍家历史的亲历者,曾经的水上居民。

"水上人他虽然忌讳但又放不下,这是他生命中很重要的一部分。"数十年过去了,再面对这些普普通通的陈列品,上岸许久的水上居民们依旧触景生情,"所以他看着看着就流泪。"在今年一月,她又出版了《广州咸水歌》这一著作,为咸水歌的研究提供了参考。

在谢棣英的努力下,一首首咸水歌终于得以传承。至今,她已推出三百多首咸水歌的精品曲目,如《故乡啊!珠江》《大搬家》等。谢棣英还是咸水歌合唱团的创办人,她带领着她的团队四处表演参赛,将疍家文化撒播到广州的各个角落。

珠江边上舟难寻,咸水之上声不再。如今的珠江畔,我们再也寻不到穿着大襟衫、别着荷包裤的疍家人,剩下的只有宽阔的河道和繁华的倒影,但他们曾经在这片水域上生活了数百年,他们用船和桨连通了珠江的南北两岸。尽管如今他们分散到了广州的大街小巷之中,可咸水歌声仍在历史的长河中飘荡,在非遗传承人的努力下薪火相传。

"虽然我非疍家人出身,但我希望能尽一己之力,让更多人去了解这种文化背后的社会意义。"谢棣英用了几十年的时间坚守着疍家文化,未来她还会继续研究,"我们只能去呼吁一下,让更多的人关注到他们。"

"好啊咧,我哋珠江捕咧鱼……"谢棣英的歌声在舞台上飘荡着,萦绕在台下观众的耳旁,飘向远方。

(文/蔡时阳)

放映人的银幕之外

"袁开业申请办理电影放映人员证,经考核合格,特发此证。——广州市文化局"。52岁的袁开业拿出两本内张泛黄但封面依旧崭新的放映证,不禁感叹:"那时候真是年轻!"

他是老电影职业放映人,是暨南大学礼堂电影院辉煌历史的创造者,他也见证了20世纪80年代至今中国电影事业的快速发展,回顾10年放映生涯,他说:"电影是艺术享受,电影也是宣传教育。"

当"军装"遇上"电影"

1985年7月,在广州武警总队负责开车的袁开业接触到了部队电影组,年仅二十的他表现出了对电影放映的浓厚兴趣,借着载电影组下基层给士兵放电影的机会边看边学,没多久便学会了放映机的操作，从此与电影放映结缘。

1986年1月，自学成才的袁开业开始参与放映工作，从那以后，他的工作从开车变成了开车加放映。20世纪80年代的娱乐活动匮乏，加之部队军旅生活的单调乏味，袁开业每次下基层放电影都受到士兵们的热情欢迎。由于当时道路建设很不完善，基层部队又大多在较为偏远的地区，每当遇上下雨，道路就十分泥泞，袁开业开车载着两位女放映员，车厢里装着笨重的放映机，车轮深深陷在泥土里动弹不得。他只好给当地部队打电话，几分钟不到，士兵们冲过来直接将车辆抬起，一直抬到放映场。然后就和以往一样，整队、拉歌、看电影，军人的列队声震耳欲聋。袁开业声情并茂地讲述着当时的场景，对士兵们的热情记忆颇深。

1987年9月15日，袁开业拿到了35毫米移动机的放映证，正值服役期满准备退伍，机缘巧合之下来到了暨南大学宣传部工作。于是，他的放映场从部队转移到校园，观众从士兵变为学生。

辉煌与辉煌背后

1987年至1996年是袁开业在暨大礼堂工作的十年，也是暨大礼堂电影最辉煌的十年。作为放映员的他不只是负责现场的放映，排片、拿片、检片等都是他的工作内容。他在职的时候，暨大电影是石牌六所高校电影中最火爆的，场场爆满，观众将礼堂挤得水泄不通，不仅有暨大的众多师生，其他高校的人也想尽办法为求一票。袁开业记忆最深刻的一次是放《意大利人在俄罗斯的奇遇》这部电影,当时许多人因为没抢到票,又不舍得离开,都围堵在礼堂门口,袁开业和一行工作人员为了满足观众需求,只好通宵放了三场,第二天凌晨再马不停蹄地将片源送回电影公司。

谈及辉煌背后的原因,袁开业讲到,在20世纪80年代,电影仍是稀缺珍贵的产品,当时广州的电影发行主要有四个渠道:广东省电影发展公司、广州市电影发展公司、广州军区电影发行站、武警部队电影发行站。在部队时,袁开业就负责广东、广西、福建、江西、湖南几个省的电影发行工作,因为职务之便,袁开业总是能够拿到更多的片源,特别是改革开放之后,文化繁荣发展,电影的发行数量也相应增多,暨大电影成了石牌六所高校电影中首映率最高、片源最广的大学,所以格外受人欢迎。

除了片源广、片子新,当时人们娱乐生活的匮乏也是原因之一。那时学校一栋宿舍只有一台黑白电视机,尽管《霍元甲》等节目非常火爆,但电视频道非常少,所有的电视节目十点钟之后就没有了。因此,大银幕彩色电影非常受人追捧,袁开业放映的电影经常是开始发票后的一两个小时就被一抢而空。着急看电影的人把礼堂木门打烂的情况都时有发生。

银幕外的收获

"电影本身就是一种艺术,"袁开业说到,"学校放电影对学生挺好的,既是娱乐也是教育。"看到观众爆满,台下学生们喜笑颜开的样子,袁开业也觉得非常高兴,这是电影放映工作带来的人生价值。

电影带给他的还有朋友。因为电影放映工作,袁开业结识了许多热爱电影或者从事电影工作的人,在部队学习放映认识了电影组的同事,在暨大和其他高校的交流会中认识了同样从事高校电影放映的老师,在平时工作中认识了电影发行公司的朋友。这是电影放映工作带来的友谊。

另外,最重要的是袁开业通过电影放映工作和现在的妻子相识、相知、相爱。当时二十几岁的袁开业因为工作原因经常出入礼堂,除了礼堂电影放映的工作,他还负责广播站的技术工作。而他的妻子当时是广播站的播音员,正是工作为两位年轻人创造了恋爱的机会,常年的同事情谊慢慢转变为了男女爱情。袁开业有时也会带妻子去看电影,这时的他从放映人变成了普通的观众,就和平时台下的观众一样,放松地享受二人的恋爱时光。这是电影放映工作带来的美好爱情。

"新科技"VS"旧情怀"

"现在我们学校在职的员工就只有我一个人有放映证。"袁开业自豪地展示有着几十年历史的放映证,"现在电影都是蓝光数码的,所以不需要放映证了,原来放电影都是技术很高的,电影片有16毫米的,还有35毫米的,一两饼片,手动的,然后变半手动的,又变全自动的。最早一般地方农村都是16毫米,大城市里面才要35毫米。"说到胶片电影的放映,袁开业娓娓道来:"胶片电影机有固定机、半固定机、流动机、半流动机。胶片就跟胶卷一模一样，大小一样，一格一格的。一个动作 24 帧，就 24 格，按速度放就是一个动作。"

如今，传统的胶片电影已经退出了历史舞台，数字电影占据了人们的视野，袁开业的工作内容也从电影放映转变为了繁杂的办公室工作。相比传统的胶片电影，数字电影的优势主要体现在：节约了电影制作费用，革新了制作方式，提高了制作水准。通过高清摄像技术，实现了与高清时代的接轨；数字介质存储，永远保持质量稳定，不会出现任何磨损、老化等现象，更不会出现抖动和闪烁；传送发行不需要洗映胶片，发行成本大大降低，传输过程中不会出现质量损失等等。3D 电影等也给人们观影带来了新的体验和乐趣。新的技术推动着人类历史的进步，但曾经全家老小端着小板凳守在大银幕前的日子已经不复返了。

袁开业的放映证的年检日期停在了 2002 年 12 月，放映证现在也只是回忆的载体、历史的见证了。回首过往，袁开业言语间流露出对老电影的怀念，虽然人们眷恋着缱绻的胶片，怀念着以前看电影时热闹的场景，但是科技仍然在发展，我们不能阻止时代的进步。揣着"旧情怀"、体验"新科技"或许是个两全的选择。

（文 / 魏桢）

Chapter Ⅱ
扬起风帆

二十余载的坚持与守望

提起广州的文明路,好像食物是最出名的。达杨原味炖品、百花和名记甜品、九爷鸡、老西关濑粉,光提名字就能让一众吃货兴奋花痴到口水滴答状。不过,当你真正漫步在这条街道时,弥漫的书香味会让你惊诧,原来文明路真是街如其名。

广州小巷旧书店,与世无争藏于文明路

转进文明路文德六巷,你会发现这里有一间旧书店。这家"浩天书店",是一家经营了将近二十一年的旧书店,从白云区辗转到文明路,藏身于城市的老巷子里。

文德路是一条繁华的商业街,人来人往,即使"浩天"两字鲜红而醒目地正悬在店门口,这家外观不太起眼的书店还是极容易被错过。或许应了那句"酒香不怕巷子深",识途的老马总会循书香

而来。或许不轻易被发现也是好的，可以保持某种纯粹而不被腐蚀，静静地屹立在文德路一角，浩天等待着循路而来的爱书人。

早上10点，文明路上人影稀疏，两旁的小店还没"睡醒"，浩天旧书店已经准时营业。"文德浩天旧书店，六巷胜地新书园"，门上有点褪色的对联在阳光下依旧醒目，而大门正上方的一块木板刻有"天道酬勤"四个大字。旧时光的痕迹烙在被磨得水亮的台阶上，流连于微微生锈的铁皮门上，映在墙上挂着的属于五六十年代的或鲜艳或黯淡的旧画报、手写的对联、飘扬的小黄旗、醒目的"浩天"字样、书店的老旧和家常，让人感觉跟高楼鳞次栉比的广州格格不入，一切都仿佛旧日光景，宁静而平淡。但或许这才是在飞速发展的经济背后，隐在一粥一饭之下，充满人间烟火的温馨之感的老广州。

走进书店，你仿佛瞬间穿越。民国时期的老照片、美女月历牌、带有时代标志性的物品：如毛主席头像、红袖章和胸章、绿军装、军帽、军水壶等，还有当年的粮票、油票、公交月票，广州女英雄向秀丽的宣传画也挂在显眼的位置上。

50平方米的书店里整齐地摆放着两万册旧书，几十年前的连环画、经典小说的初版、历史古典书籍、民国时期的广州地图等等，应有尽有。倚墙的柜子上摆满了各种旧书，中间两个被摩挲得水亮光滑的陈列柜也摆满了各种旧物件。偶尔突然回头，就可以与来者来个正面碰撞。

浩天书店里，一桌一椅，一书一册，都是店主吴浩自己亲手布置。昏黄的底色，老旧的外表，这里注定没有传统书店的崭新与精致之感，但反而让人觉得更为亲切，每个旧物的背后，都是一段流连的故事。店内摆设简单却在每一处都可见吴叔的巧思，虽不精致，但很清楚地看出他的用心。一进门，就可见到摆在书柜上面的店徽，吴叔告诉我们，他用了整整三个月的时间去构思设计，从颜色，到形状，再到摆放角度，每一个细节皆不是随意为之。对浩天，他倾尽自己所有的用心。

立于谋生，续于享受，艰难经营 20 余载

1977 年恢复高考，考完后吴浩插队到农村，得知自己落榜后就在那里继续待着，但农活实在不适合他，因而又回到城市里。在"晃荡"中，吴浩发现新华书店书架上的书千篇一律，极为沉闷，于是思量着自己做个体户卖书。但因为一些原因并没有开成。此后近十年，吴浩都没有再接触书业生意。

1980 年正式回城后，吴浩被安排到父亲工厂修机械，尽管他不喜欢，但一修就是七年。1987 年吴浩毅然下岗，重新开始书业生意。1994 年，吴浩在白云区黄石路附近开了一家旧书店。"那时的娱乐方式比较贫乏"，城乡结合部聚集着很多外地人，靠看武侠、言情小说来打发时光，他的书店恰逢其时，"浩天"的雏形由此而来。2003 年，吴浩将旧书店迁至文明路文德六巷。2013 年，他又搬进对面的 50 平方米新店面，旧书店焕发新容颜。

吴浩坦言，书店是从天光墟"淘"出来的。经营浩天古旧书店的吴浩，足迹遍布羊城每一个天光墟。他说，自己周二早晨到文昌

北路淘古玩，每周六，他都会调好清晨6时的闹钟，步行20分钟，在七点前出现在海珠中路的二手书刊天光墟，一头扎进故纸堆中。每年正月初一至初八摸黑前往棠下小区或晓港中马路第97中学附近的早墟，按斤论价买旧书报。卖出买入，浩天古旧书店内的藏书维持在3万册上下的水平。

店里只有老板吴浩一人，为了节省成本，他没有雇人看店，一直是"一脚踢"，所以书友不管什么时候来，都会看到这个戴眼镜的大叔在忙碌，或者坐在靠近门口的藤椅上与顾客聊天。

吴浩透露，生意好时的盈余都再投入到旧书收购中了，家人的生活并没有太多的改善。从结婚后，吴太太一直没外出打工，只是帮丈夫看店和照料家庭。但近几年书店入不敷出，40岁的她也要到外面去做餐饮服务员了，拿微薄的工资。不仅家人很无奈，周围朋友也不太看好，"同龄人都不同意我继续办了，说我何必吃力不讨好，年纪大的人才支持，我愿意多和他们沟通"。

现在书店每月租金5000元，加上进货成本，负担颇重，五六年来一直没有盈利。吴浩说："赚了一大堆书，这是我最大的财富。"吴浩介绍，书店里有两套堪称"镇店之宝"的清朝古书：乾隆年间的《东周列国志》和道光年间的两册《四书典腋》，都是他从天光墟淘来的。以《四书典腋》为例，吴叔花300元淘来，现在暂时是非卖品，日后要转手也一定在千元以上。

"钱途"不妙，但吴浩注重旧书店的社会影响。时过中午，顾客三三两两来光顾。一位戴眼镜的阿姨一进来就问有没有特殊的内部资料，吴浩听罢带她到书架边上说："内部资料没有，但这里有很多相关的书，你看看有没有中意的。"客人翻看书籍时，吴浩一直在旁边为她介绍。差不多一小时后，阿姨买了两本旧书并留下了电话号码，吴叔告诉她："如果有你指定的书就联系你。"

吴浩说，他对旧书店的经营心态经历了四个阶段。"刚开始进入这个行业是为了谋生，做了一段时间后觉得好做就当它是种投资，当热潮散去之后逐渐当成一种收藏爱好来对待，现在更多的是一种分享。"

五十而知天命，吴叔已经把经营旧书店看成了一份事业。在新书层出不穷、电子书冲击市场的今天，一家拥有二十多年历史的旧书店仍不卑不亢地坚守在老城区的一条小巷中。"'浩天'已经不是我一个人的了，而是广州街坊们熟悉的一家旧书店，所以我会坚守下去，希望能一直开到我80岁，把它做成'老字号'。"

文化行业一定会增值，这是一门"等的艺术"

浩天旧书店一直保持原有风格而未多加改造，一方面固然是因为老板喜欢复古和怀旧，另一方面恐怕也是旧书店人气不旺的缘故。浩天旧书店的顾客不算多，但多数是"铁粉"。

在网络化时代，吴浩也开始触网络。他开了微博，分享店里一些有意思的书，像1971年的《红色娘子军》特辑、1980年的《电影画报》，还介绍诸如白云楼鲁迅故居、越井冈、观音阁等广州文化遗址，以及南越国第一代君主赵佗的墓葬座落何处的故事。

吴浩写的每篇文章下面都会配有一组黑白照片。他说这跟经营书店一样，就是为了突出"旧"的特色。"有不少书友看了微博介绍后，私信和我交流，然后带着好奇心来看看，有些人就直接来买旧书。"

此外，吴浩还和他人合作，出售一些有广州特色的手绘明信片，这些明信片多是展示消失的公共汽车、骑楼、各色传统行业与老字号店铺等18世纪、19世纪的广州风貌。"我还是要走复古、怀旧路线，这些明信片吸引了一些年轻人光顾，店里的生意也因此稍微有一些起色。"

吴浩说，以前成年顾客比较多，近几年年轻学生逐渐多了起来。一些文化志愿者团体也不时来到这里做二手书交换活动，举办本土文化沙龙，而书店刚好有一个二三十平方米的院子，大家围在一起喝茶聊天很方便。

在吴浩看来，文化行业是一个需要放长线的行业，眼前的效益不高，但长远来说一定是能增值的。吴浩觉得他的旧书店一定会升值，只是现在还没到时间，他预计五年后会出现新契机。

旧书店已经具备"天时地利人和"。天时，当物质发展到一定阶段，人们会更多地对精神文化有需求，而现在精神文明是落后于物质文明的。地利，文明路现在这个位置比之前好。人和，就是自己的境界不同了。看山是山，看山不是山，看山又是山。所以，吴浩现在要做的一件事就是，让旧书店生存下去。

他的孤注一掷似乎有点不顺时势，"知天命，我只会做这个，而且也成功过，认准了一条路就要一直往前走，不能回头，更不能改道。"在他看来，做旧书店是一门"等的艺术"。尽管独立书店的连连倒闭,他却不以为意:"谁一开始不亏呢?但那都是暂时现象,我坚信我会赢在长线,我还要再做十五年,十年八载后,肯定会让你另眼相看。"此时,吴浩激动得在椅子上手舞足蹈,眼神异常坚定。

(文 / 李俊杰)

甘肃天水村里出了个"马桶先生"

"这辈子咋成了苹果先生、马桶先生呢?三十年前与同学们同窗时,完全没这个梦想啊……"50岁的陈向阳因为常年在外,皮肤被太阳晒得黝黑,头发也露出霜白,看着自己年轻时的照片,他禁不住感慨。不知不觉,这已经是他坚持中国"厕所革命"的第十八个年头了。

与旱马桶结缘

从关注中国厕所问题到发展生态农业,这一切源于陈向阳在深圳福永的工作经历。2000年,陈向阳在深圳给瑞典老板Harrysson当经理,公司为德国公司生产灯具,他负责翻译工作和管理生产线。在那里,陈向阳亲眼看到珠三角的一片片稻田在经济兴旺发达下变成工厂、马路,也看到一条条河流变黑变臭。"本为农民,小时候生活在蓝天白云，山清水秀的鄂北山区，看到这样的场景，于心不忍"，陈向阳说，这也是他能够坚持十八年的原因。

一次偶然的机会，陈向阳接触到瑞典无水马桶公司 Separett，自那时候起，他开始了在中国推广无水马桶的漫长过程。在他看来，厕所革命是解决水污染的芯片。所谓厕所革命，是指物理分开大小便，将产生的废物资源化再放到农田中，避免产生污水，同时农业上也省去了化肥。

2003 年"非典"期间，陈向阳和瑞典老板在深圳的街头展示无水马桶，"中老年人特喜欢，很多人想买。"但由于灯具出口是老板的主业，推广无水马桶是副业，主要是陈向阳较感兴趣，因此当时只是市场调研，并没有展开销售。在那之后，陈向阳经常和老板带着马桶参加各地的环保展。2006 年他第一次去德国，看到了记忆中的蓝天，自此他在心中种下了种子，"这刺激我开始环保创业，卖无水马桶。"

但直到 2007 年离职，陈向阳一直在忙销售灯具的生意。在当时，他所在的公司做灯具生意十分成功，"虽然规模不大，但我们是珠三角出口灯具企业里最高等级的。"离开公司后的陈向阳开始全职推广无水马桶，看他如此感兴趣又有热情，老板 Harrysson 给他一项 Golden Parachute（金降落伞，即一种按照聘用合同中公司控制权变动条款对高层管理人员进行补偿的规定，"金色"意指补偿丰厚），提供了很大的资金帮助，让他全身心投入。陈向阳先后带着马桶四处云游参加环保展会和论坛，跑遍中国的大江南北，拜访大使馆和各地政府，"上海，北京，辽宁，天津，南京，重庆，沈阳，中山，斯德哥尔摩，林雪平，柏林……大使馆主要是瑞典大使馆"。

早在2005年，陈向阳就注册了网站用作宣传污水生态卫生厕所。在2007年，他终于迎来了第一个订单，那时汉庭酒店在北京刚开张，在三家酒店地下室安装了9个无水马桶。"最长的用到2015年就拆除了，因为不适合用来做公厕，清理粪便的频率太高，一个月1-2次，服务员不愿意。"尽管如此，这也是旱马桶逐渐进入中国人视野的过程，陈先生自豪地说："从2007年-2015年，至少一万个中国人用过。"除这一单外，鄂尔多斯中国瑞典生态城2009年-2010年也装过若干个，但整体推广效果并不理想，陈向阳的旱厕生意以失败告终。

从"马桶先生"到"苹果先生"

2008年，陈向阳在网络中看到甘肃天水的著名地产商潘石屹的新浪博客，征集旱厕方案，于是亲自带着旱马桶去找他，自此开始了在甘肃天水的学校公厕改革和生态农业尝试。

天水位于甘肃省东南部，横跨长江、黄河两大流域，火车一进入境内便穿梭在两岸纵横交错的山脉间，居民大多处在河谷地带。开始那两年，陈向阳只见到了潘石屹的员工，直到2010年6月才在天水第一次见到潘石屹本人。"因为此前他们不接受旱厕，坚持盖水厕，直到2009年才接受。"而放弃水厕的原因便是水资源的短缺，这是当地最严峻的挑战，"天水越来越旱，有的学校和水泥的水都没有，中国普遍缺水啊！"

天水当地很多村民在山上都拥有自己的苹果园，但当地人不会想到，建造旱厕是为了利用回收的尿液来种苹果，这也是全世界最大规模的尿液回田。陈向阳在天水麦积山区的大柳村租了农民的苹果园，利用学校旱厕收集的有机肥种苹果，成立了"天水潘集寨最甜苹果农民专业合作社"，并在淘宝微店销售苹果。

如今，陈向阳的合作社已经形成成熟的链条，学生产生的尿液和粪便由陈向阳专门运到农村基地，当做农家肥施到地里去种苹果，最后再收获并销售出去。他说，看到坚持粪土回田的农业模式，是他最有成就感和满足感的事情。"化学农业伤害了我们土壤、水源、大气，威胁到我们的粮食安全。只有真正的厕所革命才能扭转这个趋势，解决水土气污染问题。"解放之初的文字改革，将"糞"简化成了"粪"，而陈向阳认为，发扬中国生态文明，首先要把"粪"改回到"糞"。对于农村人而言，这是不敢想象和无法理解的生态理念。潘石屹的妻子张欣在微博回忆说："他的热情让我们感动，这位志愿者就盯在甘肃，教孩子用旱厕。他到旱厕边的村子找农民掏粪、种菜，这就是'循环经济'。"

陈向阳在甘肃天水一待便是八年。

即便有了技术和资金问题，这一过程也并非一帆风顺，陈向阳遇到了各种困难。从2008年至2012年，当地耗费2000多万元在31所学校建立旱厕。"厕所建成后，校长却把门锁起来，不给学生用，我直接发短信给市长，最后市长给教育局长打电话才解决，现在还是有个校长拒绝使用，我也不清楚他具体的想法。"

最初，陈向阳和村里的果农合作，让他们在自家田地中使用收集的有机肥种苹果,但收获的苹果不能卖给别人,只能由他收购再销售,例如人家都卖2块钱,陈向阳卖两块五。"他们听不进我的道理,我就用利益引导他们,给他们订金,给他们免费尿液,市场价收购他们的苹果,他们并不知道我是奔着厕所革命去天水的。"陈向阳一步步地让当地农民接受他这种做法。

农民们一开始并不领情。阿玲也是天水的村民,目前她是淘宝微店的客服,自家也有一块七八亩的苹果园,她清楚地知道农村人的思想观念不容易转变。"有些果农担心陈总骗他们,陈总说你们别急着摘苹果,等它们在树上多熟一段时间,更好吃。农民不乐意了,说家家户户都在摘苹果,人家的苹果都卖完了,万一我们家的卖不出钱少了呢?"也有果农仍然坚持使用化肥,"我们用化肥挺好的,找个车在树底一下子就弄完了,你说你拉那些粪便尿液过来的话,又脏又累。我们一天能干完的事儿你要做三四天。"这些都是陈向阳经常面对的质疑和误解。

但慢慢地,他也获得了村民的认可,当地人都称他为"苹果先生",甚至有山西、河南和甘肃本地的人前来参观。阿玲经常帮陈先生带领参观,来访者对农业模式较为好奇。"别的地方我不知道,就是我们村,你去看那满山的苹果树,很多是使用除草剂,半个月打一次农药,你说这样的苹果谁敢吃呢?一年下来也不知道这些苹果销售到哪里去了。"在阿玲看来,厕所革命一方面是响应国家绿色环保的倡导,另一方面也是解决我国食品安全的问题。

陈向阳追求厕所的资源化在国内不被理解,让他沮丧的不是技术的限制,而是人们的观念。他激动地说:"目前最需要人才!农业是跨学科最大、最国际化、最现代化的科学。

一次偶然的机会，陈向阳安排自己上海的朋友到阿玲家暂住几天。看到家中的厕所，阿玲担心城里人住不习惯，她说："我们条件不好，那厕所肯定是用不了的，你看我们农村人养的猪、鸡都是跟厕所一块，夏天走到门口就能闻到那个味了。"听到这样的顾虑，陈向阳主动提出帮张军玲安装无水马桶。马桶自广东邮寄到当地并完成安装，仅用了一个星期。安装后的几天，陈向阳在上海的朋友到了，他向朋友介绍旱马桶的用法。这是甘肃第一个无水马桶。

安装完旱马桶后，吸引了很多村民前来参观，他们见了也想装这样的马桶，"我们村里人人门口都有一点小地，然后种点菜特别方便，你要是尿液多了，桶满了弄出去，兑一些水就可以浇到地里去了。粪便提出去，挖个土拌一下，发酵完就可以用了啊。"阿玲也认为装完马桶后不仅使用方便，也解决了自家田地的肥料问题。对比传统的坑式厕所，这样的方式也更加卫生。目前湖北荆门市有两个农户、山西灵丘有两个农户，还有北京等地有安装旱马桶，总数约30个。

天水村里安装旱马桶的也只有两三家，"现在我们农村人有能力、体力好的都出去打工了，家里留下来的都是老人、儿童和妇女，茅坑里粪满了还必须找人弄，的确存在不便利的地方，而且村里人接受不了厕所的价格。"阿玲解释道。

也是因为这次机会，阿玲和陈向阳建立了合作关系，此前她并不了解旱马桶，也不知道陈向阳在卖村里的苹果，只是经常听见村里有人在背后说他，"陈总特别傻，他们自己开车，自己拉粪，把粪送到农民的地里去,有些农民都不要。"

现在,陈向阳负责开网店,阿玲则负责发货和当客服。每年农历八月十五前后便是旺季,苹果订单接都接不过来,一般成熟前两个月就有人开始预订,一直持续卖到过完年。每到订单多的时节,阿玲就需要雇佣人来帮忙,"我还要回复客人的问题,发货的时候要亲自去,看看哪里的单子,不能弄错了,反正是忙得不行啦。"

都搞到世界第一了,还后悔啥

"特别能坚持。"谈到陈向阳为人,阿玲这样形容。

一次,两人在谈论工作,陈向阳的家里打来电话,挂下电话后他一声不吭,阿玲身为外人也不好多问。"哎呀,我这个厕所革命再这样下去,连家都没了。"沉默了许久,陈向阳无奈地叹了口气,"她(妻子)肯定不支持啊,我把老板送的钱用完了,还贷款买车,免费给农民送尿液,给学校当免费掏粪工,她觉得我简直是脑子坏了。"

陈向阳有三个孩子,两个女儿和一个儿子,大女儿如今在工作,二女儿陈路思在广州美术学院读大二,小儿子陈迪赛在广东工业大学读大一。路思看上去温柔文静,提到父亲的事业,她早期并不理解,也对长期没有父亲陪伴的童年生活感到不适应。家里人一般两三个月才能见到陈向阳一次,有时甚至要半年。陈路思当时认为这样的奔波劳累既花精力又没有回报。

"初中的时候在深圳,我妈照顾我们,我姐在上大学,也还没工作。他又出去，也没什么固定收入，很多时候要借（钱），有时候要靠亲戚接济一下。"高中之后家里将以前在惠州建的房子装修并出租，才有了固定的收入，但也不算多。直到大女儿毕业后工作，家里的情况才慢慢地稳定了些。

对家庭的忽视也使陈向阳感到愧疚，"我儿子1岁时，我就爱上了无水马桶。为了它到处奔波，很少同他们（家人）一起生活。"但路思后来也逐渐接受了父亲的做法，"现在他的情况有所好转，就让他做自己喜欢的事情吧，反正别人和他说，他也不听劝。"

十多年的宣传推广并非一无所获，他在天水的厕所革命被国际可持续生态卫生厕所联盟列为世界第一案例，潘石屹曾问他来天水这六年后不后悔，陈向阳调侃说："都搞到世界第一了，还后悔啥。"

支持陈向阳的，除了亲朋好友，还有很多热心人。"自2010年以来买过我农产品的客户约有一万名，还有国内外的专家学者，如北京建筑大学的郝晓地教授，斯德哥尔摩环境研究院的ARNO博士，中国环境科学院前副院长夏青先生等。"当然，其中最大的支持来自潘石屹先生，他和他的团队为陈向阳搭建了走向国际的平台。

并非始终积极乐观，陈向阳也有感到无力的时候，他经常看到国际上在推广可持续的厕所革命消息，却对国内假大空的革命行动感到无能为力。国外发达国家在努力探索粪土回田，保障粮食安全，而国内还在搞达标排放，放大转移污染。尽管情况如此，他仍然笃定地坚持着，不断地在学习英语，并与国外的学者、专家进行沟通交流，"朱嘉明先生说：厕所革命是跨国界、跨种族、跨时代的事业。而英语是工作交流最方便的语言。虽然我有英语大专文凭，但英语水平还远没有达到国际研讨会所需要的那种水平。"

不求回报地善良着

陈向阳用他的真诚和善良打动了甘肃天水的村民。阿玲回忆说："有时候街上有个老头卖东西，尽管自己用不到，陈向阳也总会帮衬一下。""照顾照顾嘛，你看年龄那么大了，还挑着那个东西出来卖，多不容易呀！"。他对天水的村民都十分热情，不管是看到谁都会打招呼，还为村小学的学生送去旧衣服、旧鞋、旧书等。

去年约农历十月份，陈向阳带着一位河南的先生参观学校的旱马桶。当时的天气十分寒冷，一进校门口，陈向阳看见孩子还穿着小布鞋，鞋子踩进雪里面已经湿了，还有同学手上和耳朵上都起了冻疮。看到这些场景，陈向阳便问校长，为什么孩子在这样的天气里不穿棉鞋，不戴手套，不戴暖耳朵的东西。校长解释，我们没法给他们这些了，只能解决学习上的问题。现在国家政策已经把能免的都尽量免了，但是穿衣吃饭，学校真的没办法了。

从学校回来，陈向阳的心始终惦记着孩子，他跟阿玲说了两三遍，还拍了照片给她看。"他说这些孩子多可怜啊，天这么冷还得天天去上学，嘴也冻得裂了，耳朵也裂了，脸蛋也冻得红通通的。"陈向阳和阿玲都清楚，当地是五六个村一个学校，各种家庭背景的孩子都有，单亲家庭的、爸爸在身边，妈妈出去打工的、只有爷爷奶奶的，还有一些是比较特殊的贫困户、低保户的孩子。对他们而言，能够穿上鞋就不错了，但学校的环境对他们来说还是太差，阿玲描述："我们的教室不像城里的教室，我们只有一个小小的小铁炉子，根本没办法保暖，孩子们真是受罪了"。

陈向阳打算在朋友圈、微博召集网友和朋友，让愿意捐旧衣服、旧鞋子、旧书的人寄到村里来，他跟阿玲说，这个事就你来做。阿玲跟学校的领导沟通商量后，就接手了这个志愿活动。

很快，许多好心人寄来了旧衣服旧鞋，但快递只能送到镇上，需要阿玲一件一件取到村里。"去年10月底11月初的时候，天天下雪，路特别滑，我也是天天坚持取快递给孩子们，想着是给孩子们做好事，我冷一点累一点无所谓。"回忆起这段经历，阿玲觉得陈向阳发动的这一善举真的为村里的孩子们带去了福利，陈向阳也说："借城里朋友的善心鼓舞那些孩子，让他们觉得有人关心他们，支持他们，也给机会让城里的人表达善意。"

让水质恢复到1970年前水平

"有没有曾经后悔过自己的决定？"

"没有后悔。"陈向阳回答的同时露出了坚定的眼神。

今年由于倒春寒，天水地区的苹果和樱桃几乎绝收，减产达到90%，但让人欣喜的是，阿玲的果园几乎毫发无损，陈向阳自豪地说："她严格执行我的政策，坚持我生态农业的原则：不用化肥，不用除草剂，不用激素，也不用国家的禁止农药。"在阿玲看来，天水村现在应该少种，要种出质量，以后肯定要扩大规模，因为目前他们的苹果不够卖。

无论是推广旱厕也好，种植苹果也罢，陈向阳的内心是希望通过这些举措，让中国的水质恢复到1970年前的水平，就像他当初投身厕所革命一样。2010年，陈向阳曾经对加拿大PRI电台记者说过，"我有一个梦想，中国的每个家庭，无论城乡都能用上无水马桶，保证我们的下一代能喝到干净的水、呼吸到新鲜的空气、吃到安全的食物。"

但因为厕所革命牵涉到污水处理厂、化肥厂、农药厂、污水处理设备厂等一系列利益集团，陈向阳明白在中国要推广厕所革命是非常困难的。原有的模式是"水厕所＋集中式污水处理厂＋污泥焚烧回收磷"，陈向阳提出了强烈的反对："这在国际上是笑话，城市污水处理厂都搞不定污泥，还在农村复制，是灾难！"因此他才通过厕所革命的形式，希望中国能够自主创出一条路子，从厕所源头探索粪土回田的方法，回收磷。

甘肃天水的农民们不知道的是，在陈向阳那安装旱马桶背后，不仅仅是种植苹果，而是改善中国的水环境，改善中国的食品质量，改善整个中国的农业生态模式。

（文中人名均为化名）

（文／庄萍萍）

发廊里的小生意，大生活

"咔嚓"——随着最后一缕头发从她的指间滑落，又一位顾客在镜子前露出了满意的笑容。她熟练地将那把剪刀放回一旁的工具架，轻轻解开系在顾客脖子上的围布，再细心地用海绵替顾客扫去脸上的碎发，擦了擦手走到柜台处。登记好客人的消费记录后，她像往常一样送走了这位老熟客。"十年过去啰，这个阿姨总来我这里剪头发，是我的客人，也是我的朋友了！"她笑了起来，眼角的皱纹展露出岁月的痕迹。年近五十，她似乎不再把经营发廊看作一种生意活儿，而是自己精彩的生活中不可或缺的一部分。经常来光顾的街坊邻居们，喜欢叫她"何姨"。

从最开始的"小何发廊"到今天的"新潮一族"，从一个人打理整个店铺到好几个学徒一起帮忙经营，何姨凭借着理发这一门手艺，逐渐在广东茂名闯出了自己的一番小天地。"忙起来好像时间过得特别快，发廊算是小生意啦，倒是想把生活过得有滋味儿些。"

在小生意里体验大生活，是何姨的十年，也是很多个体商人的十年。

"年轻的时候，总想在外面闯一闯"

出生在广东番禺，成长于广东番禺。小时候，父亲在学校教书，母亲既要经营一家小理发店，又要打理一家人的生活起居，忙起来的时候常常顾不上何姨。于是，何姨很早就学会了自己照顾自己，空闲时候还会到母亲的小店里帮忙做些事。"家里条件不是很好嘛，能帮着干点活就干点了。"何姨回想起小时候的时光，似乎有些遗憾。"当时学习再认真一点，可能又会不一样了！"由于家里经济的原因，何姨读完高中，没有选择上大学，而是到职业培训学院进一步学习美容美发的技能。"小时候在家里的理发店，打下手的时候偷过一点师。到学校学一些专业的技术，对打理家里的这个店会更有帮助吧！"为了把母亲的发廊经营得更好，让家里有更多收入，何姨孤身一人来到了离家有将近半天路程的职业学校学习。

"那时候才十几岁，什么都不怕。"说到这，何姨指着自己桌面上那张年轻时候在学校和同学一起拍的照片，害羞地笑了笑。照片里，何姨穿着碎花长裙，一头乌黑的长发随风飘起，眼神单纯青涩，却也透出一股不服输的劲儿。在职业学校学习时，何姨感觉自己看到了"外面的世界"。城市中心，琳琅满目的商店、各式各样的商品、步履不停的来往人群，都让她感受到了远在郊区所不知晓的精彩。"那时候就想着，外面肯定有更多的发展机会吧！"

学成归来，何姨接替母亲成了自家理发店的老板娘。靠着自己慢慢琢磨，替一个又一个街坊邻居剪发，何姨渐渐明白了不同年龄段对发型的不同要求。一把银剪刀，一起一落，为顾客修剪出满意的发型的同时，也打磨着何姨的手艺。随着技艺的长进，何姨逐渐了解到了美发行业里的一些新技术，但在偏远的郊区，对于人们而言，理发店的作用还局限在洗头剪发这一类简单的程序化的服务项目上。"大城市的市中心，铺租太贵，就想着不如到小城市试试。"广州市中心的店铺租金，曾经拦住了想要在技术上进行创新的何姨的脚步，但是父亲年轻时提及的茂名，让她心里的希望重新点燃。"1958年的时候，父亲带学生到茂名进行过城市建设，当时粤西还没有完全发展起来，这里的人有需求，租金也不贵，就来闯闯！"就这样，年仅22岁的何姨，简单收拾了一箱行李，带上自己的银剪刀，踏上了自己创业的旅途。

"在火车上，突然害怕茂名会不会离家太远了，但是东西都收拾好了，想着怎么也得来看一看。"就这样，抱着"看一看"的心态，何姨在茂名开起了自己的发廊。这一开，三十年就过去了。

三十年间，茂名这个小城，发生了翻天覆地的变化。从前，依靠工业区繁荣发展起来的城西地区，在商铺过度饱和的压力中和环境保护政策的影响下，逐渐衰落，中心商业区慢慢地往城中和城东的郊区迁移。为了吸引更多的顾客，何姨的小发廊，也随之进行了搬迁。"哪里有需要，就考虑去哪里嘛！"说到茂名这座城市的发展，虽是外地人，何姨竟有一种本地人的骄傲。"几十年了，早把这里当成另一个故乡了，你看，我说话都带着这边的口音。"仔细听何姨说话，地道的本地口音，真切地展露着她在这个小城中成长、成熟的痕迹。

"年轻的时候，还是要出来闯一闯！"何姨看了看自己在城东新商业街的新店，并不后悔当初离家的决定。

"用心经营，也用心生活"

近年来，国家坚持新发展理念，大力实施创新驱动发展战略，以供给侧结构性改革为主线，推进产业结构转型升级。服务业保持较快发展，规模持续扩大，已成为我国经济发展的主动力。不同于工业和农业受空间的限制，服务行业开展业务更为自由，活动范围也更加广泛。消费者服务需求的连带性，为商家综合发展提供了更多可能性。由于服务业面向全社会提供服务，在服务行业的工作者能够接触到较为广泛的、各式各样的消费者。

"做我们这一行的，能见到很多不一样的人，挺有趣的。"在岁月的沉淀中，开一家发廊，对于何姨而言，已不同于从前单纯的养家糊口。发廊，更像是一支生活的万花筒，来往的顾客都让何姨的生活变得更加精彩。

在和何姨聊天的间隙，一对祖孙推开了发廊的门。"照旧，帮我修下发脚，给他剃个平头。"老人似乎对发廊里的一切都很熟悉，甚至在发廊有专用的洗护用品。"好好好，这么多年，都记在心里了。"何姨抽出一块围布，轻轻抖一抖，围在了老人的脖子上。从工具筒里抽出那把跟随自己多年的银剪刀，食指和中指夹着发尾的一缕，对比了两边长短后，顺着其中的纹理，"咔嚓咔嚓"轻轻几下，银发顺着围布滑下。看似简单的手法，却得到了老人的连连认可。"小姑娘啊，你看你何姨这手艺啊，还真是别的地方不能比的哦！"老人对着镜子，摸了摸自己的头发，嘴角微微上扬，自信地转了一圈。何姨也跟着老人一同笑了起来，招呼着老人的小孙子："小弟，来，到你了！"

"能不能不剪平头了，每次都是这个发型！"小朋友抓了抓自己的头发，突然感觉有点可惜。

"不行，平头多好打理啊！"老人见状，严厉呵斥了小孙子。

何姨看到这，拉开小孙子，悄悄地说："我这次不给你剪这么短，给你换个发型，"说完，拍拍小朋友的头。

放下剪刀，何姨用海绵擦了擦电推剪，拿起工具架上的一个小喷壶，"呲呲"两下，让小朋友的头发稍微湿润，便开始为他打造一个新的发型。一刻钟后，小朋友的头发明显短了许多，但却不是平头，额前细心留下的刘海，让小朋友显得既精神帅气，又清爽利落。"哇，这个发型挺好！何姨又给你换新发型了，开心吗？"老人看着小孙子的新发型，没有了刚才生气的神色，反倒是越看越喜欢，小孙子也一脸欣喜，对着镜子照个不停。

送走了祖孙两人，何姨讲了许多关于自己客人的故事。城西城东三十载，何姨剪发水平不断提高，虽然店址不断迁移，店面不断扩展，有些老顾客却认准了何姨的手艺。"有个陈阿姨，就住在对面小区，从我开店就光顾，到现在搬到这边来，也还是我的客人。"何姨指着对面新建的小区，说起自己的一个老朋友。"这些老顾客，就算不来剪头发,没有事的时候也会来和我聊聊天,我们都把彼此当朋友了!"何姨为客人修剪发型,也和客人分享故事。人生喜怒哀乐,社会发展变迁,融合在一缕缕发丝中,也藏在一个个客人的故事里。"发型对一个人其实很重要的,它不仅仅是一个人外貌的一部分,也能反映一个人的气质和性格。"三十年在美发行业摸爬滚打,何姨并不认为替别人剪头发是一份简单的工作,这是一份需要兼具技术和情感的工作。

"开这家店这么多年了,好像也看透了生活里的很多事。"何姨投入一百二十分的精力将自己的小店经营到稍具规模,如今她更喜欢和来往的客人聊天,感受不一样的生活体验。"用心经营,就总能有好的生活。"何姨并不像年轻时害怕经营过程中出现的困难,反而认为这是生活给予自己的礼物。

靠着一步一步的打拼和努力,何姨有了自己的一点积蓄。在服务业大热的环境中,何姨抓住了餐饮业的商机。2016年,在市区的一所高校附近,何姨加盟了一家专门制作猪扒包的餐饮店。放学时分,总是会有源源不断的学生来光顾。"当时看到这是个连锁的餐饮业,自己吃了一个猪扒包,觉得挺好吃,就想着自己干。"何姨在自己的发廊的前台,放了一沓宣传单,想要为这家新的餐饮店带来更多顾客。"偶尔会过去看看,但是发廊比较需要我守着,多个行业多个发展机会吧!"说起这家餐饮店,何姨并没有刻意追求,只是把它当作生活来源的一个辅助途径。

"只要愿意付出,用心做好自己的工作,就总会有收获的。"回望自己走过的这一路,何姨强调了"用心"这两个字。她的每一步都是踏实走出来的，生活也给予了她丰厚的回报。

"小地方也有招工难"

最近十年，茂名这座小城的发展速度远远超出人们的想象。依靠石油化工这一核心产业，茂名逐渐在粤西城市群中拥有了自己的一席之地。随着经济和科技的深入发展，多种产业迅速崛起。城市的迅速发展，使得劳动力变得短缺。有活没人干，有人没活干，着实成了社会经济发展的一大困境。

"招工难"的问题，同样困扰着何姨。这两年，发廊的规模在扩大，客人也越来越多，何姨渐渐感觉靠自己一个人，有点力不从心了。"发廊是主业，我想每一件事都自己来，但是客人一多，很容易手忙脚乱。"何姨最怕遇上节日，尤其是比较隆重的节日。逢年过节，客人总会排着队做发型，人手不够，一等就是两三个小时。"你看门口的招工告示牌，都放出去好几个月了，都没几个上门应聘的，这年头大家都想要高薪资。"店门口摆放着一个展架，有些泛白的红色纸张上，明确标出了学徒、洗头工等不同职位的薪资。何姨看着展架，叹了口气，有些无奈地摇了摇头。

"现在的年轻人，野心太大，总觉得工资太少，委屈了自己。"问及"招工难"的原因，何姨这样猜测，"服务专业不对口，技术达不到要求，不敢应聘这些职位，也有可能的。"何姨当时来到茂名，也考虑到了小城市的发展资金要求比较低这一优势。但是这十年过去，物价飞涨，连带着人工价格也跨越好几个梯度地增长。何姨看着店里几个员工忙得不可开交的样子，思索着再换上新的招工启事，把薪酬再稍稍往上提一些。

"招人也想招年轻人，可以让发廊跟上时代的节奏。"在何姨的发廊里，除了一位年轻的理发师外，基本上都是没有掌握美发技术的、年纪稍长的临时工。"他们的工作时间不太固定，也没有什么技术，这确实是个大问题。"何姨虽有精湛的理发手艺，但现在也面临着后继无人的困境。

小城市里有大发展，大发展里也有大问题。个体经济在中小城市的蓬勃发展，曾一度吸纳了绝大多数的工农业剩余劳动力。随着社会行业的细化，对于劳动力专业技能要求日益提高，个体经济也出现了劳动力短缺的问题。

"小地方也有招工难。"何姨的发廊只是中小城市招工问题的一个缩影，如何解决劳动力供需不平衡的问题仍然需要整个社会去思考。

"想要站稳脚跟，还是要有真本事"

从最初城西的一家小店面，到如今繁华地段的双层店铺，何姨凭借着自己的手艺和不断打拼，在茂名这座城市站稳了脚跟。在发廊稳步发展的基础上，何姨不断拓展自己事业的可能性。看到餐饮业有较大的消费潜力，她便尝试加盟连锁店，获得了可观的收入。最近两三年，依托线上支付平台，电商、微商掀起新的潮流。何姨看着来往的顾客，都喜欢线上购物，自己也慢慢摸索着学会了用电脑上网，用手机操作，开起了自己的网店。"最近开了家微店，主要卖一些美容美发的洗护用品，自己做了这么久，比较熟悉。"何姨说着，打开手机，滑动着页面查看最近的订单。从订单的数量，可以看得出来，何姨的网店很受欢迎。

"餐饮店、微店都是辅助的，最主要的还是把发廊做好，毕竟是自己的老本行了！"虽然其他两家店铺，收益都不错，但何姨最喜欢的还是在发廊里替客人打理发型。"一门手艺，估计要从年轻做到老啰！"何姨拿起自己的银剪刀，轻轻拭去粘在上面的碎发，有些感慨岁月的流逝。

"学一门手艺，做到最好，就要去钻研，没这么容易。"何姨看着店里的临时工，都在做一些最简单的活儿，却掌握不了理发这门手艺。"现在的年轻人，都喜欢一些新奇的东西，就是静不下心去学习。"何姨说起当前的美发行业，许多发廊只重店铺的环境，用最潮流的装修风格吸引顾客的眼球，却忘了一家发廊最重要的是帮助客人找到最适合的发型。"我这个店，开了很多年，可能环境、装修这方面是比不过现在市面上的新店了，但是手艺肯定是比他们好的。"何姨始终相信，只有"真本事"才能真正在一个行业里站稳脚跟。

"现在不是有个新词嘛，工匠精神。我觉得我们这个行业，就缺这样一种精神。"这几年，何姨尝试着接触了美发行业的新技术，试着了解年轻人的想法和喜好，最终发现从母亲那一辈传承下来的理发手艺还是最重要的基础。"你看，我也试着给自己的头发染了新颜色。"何姨指着柜子上的染发剂，略带忧愁地说道。

"我这门手艺，不知道该传给谁了，太难上手，不希望家里人继续做这行。"问及发廊以后的发展，何姨坦言不希望孩子继承自己的手艺。"现在有能力了，还是想让他们好好学习，不想让他们像自己小时候一样，到老了才后悔。"和很多家长一样，何姨也认为读书可以带来更好的前途。然而，何姨也并没有限制孩子的发展方向。"如果他们觉得学一门手艺，会对自己更好，我也愿意教他们。"

不论是读书，还是学技艺，一门"真本事"始终是何姨生活的信条。

十年匆匆而过，何姨用心经营着自己的发廊，也透过发廊的客人们感受生活的精彩。谈起城市的变化，何姨十分欣慰。"绿化环境变好了，治安管理也越来越好。我们眼里的好生活无非就是吃好、住好、治安好，安居乐业的祥和生活。"

夜幕降临，街上的店铺纷纷点亮多彩的灯光。何姨合上客人的登记手册，往发廊外看去，来往车辆行人，匆忙又或是悠闲，都是城市的一部分。许多人眼里的小生意，对于何姨这十年而言，却有着大生活的滋味儿。

生活的下一个十年，正在悄悄拉开帷幕。

（文中人名均为化名）

（文／吕慧雯）

褪不去的服装

在广州沙河,一条铁路在北城后场上穿过,铁路边是密密麻麻的档口,陈叔租下的档口就在铁路边上。火车经过,一阵轰鸣声就在头顶响起,还能感觉到地板也在震动,人说话要扯着嗓子才能听清。每天有数不尽的火车在铁路上驶过,火车经过轨道的哐当声,混合着手推车的轮子滚过水泥石路的声响,这是沙河北城后场这一带所有档主们、商客们习以为常的声音。

东起广州大道中,西至先烈东路,北到濂泉路,这是广州第二大服装批发商圈——沙河商圈。在沙河一带,大大小小分布着十几二十个服装批发城,规模较大的有广东益民服装批发城、沙东有利服装批发市场(南城、北城)、长运服装市场、新天地服装批发城、万佳服装批发市场、金马服装城等。在这些批发商城外,还有不少服装档、地摊档沿路排开。

20世纪90年代以来,随着服装行业如火如荼发展起来,这里迅速发展成为一个大型的服装交易市场，开档口的，做货运的，拿货的，人来人往，络绎不绝。

这里有一群人，他们不是年轻气盛的小伙，没有青春奋斗的资本，没有高学历，没有背景，普普通通来到这里营生，服装行业和他们的大半辈子挂钩，他们追赶着市场和行业的变化，显得有心无力。

虽然陈叔租下北城后场的档口不过四年，但他对广州、对沙河服装市场并不陌生，二十多年前他就已经在这摸爬滚打过了，后来离开了，如今又回来，陈叔有些自嘲："没想到最后还是回来了。"

广州万千服装个体户里的一个

陈叔生长在广东普宁的农村地区，家里兄弟姐妹一共五个，一家人日子过得勉勉强强。陈叔小时候读书读到高二时，家里实在很难担负起五个孩子的学费，陈叔最终选择离开家，外出谋生。

19岁离开家乡，没有什么手艺专长，陈叔靠着打工的微薄工资度日，东奔西走，去过海南、江西等地，也做过电焊工、修水管工人，却始终没能安稳下来。

1993年，陈叔三十而立，他回了家，在父母的安排介绍下，娶了媳妇。成了家之后的陈叔，也寻思着要另谋出路，"成家立业嘛，既然成家了，当然要正经工作安稳下来。"在和朋友商量后，陈叔决定去更有机会的大城市广州试试。于是他拿出自己不多的积蓄，向朋友借了些钱，带着妻子陈姨，第一次踏上广州。而此时的广州，正是一派新气象。

1978年，我国的第三产业和个体经私营经济开始如雨后春笋般发展起来，从东南沿海的广州、深圳开始。

来到广州，陈叔在一个开服装档口卖衣服的朋友那暂住了一段时间，开始接触了解服装，从生产加工到批发售卖，他看在眼里，记在心里。随后决定，开个家庭小作坊，自己生产加工，自己售卖。

初来乍到，一切从零开始，生活不免艰苦。陈叔每天早上5点要去赶早市，摆摊卖衣服。有时候要起早骑着单车到40多公里外的布料市场去进货，一来一回，回到家时常常已经天黑。进了布之后，请朋友画图纸，然后一起排布、裁剪，每一道工序他都参与其中。

衣服需要熨平整之后才能包装，那个时候没有熨斗，只能在煤气炉子上用高压锅烧水来产生蒸汽，找管子接在高压锅的出气口，获取蒸汽熨衣服。每天陈叔都要忙到凌晨3点左右，经常是忙完太困，铺块布或者席子在地上，倒下就睡着了。

当时整个服装市场看起来蓬勃发展，利润空间很大，但实际上两极分化，处在生产链底层的陈叔，缺少本钱，无法发展壮大，服装加工也是低端产品，利润空间远不能和中高端服饰相比，微薄的收入养家糊口已是勉强。

回家办厂，逐见起色

大部分像陈叔一样开家庭小作坊，进行服装加工的个体户，都是在比较拥堵的旧楼住宅区里租房，厂房合一，车间设施简陋。

1996年，消防局开始对这些个体户的作坊进行消防安全治理。像陈叔这样的个体户，没有多余的钱来担负消防设施的整治和改造。迫于无奈，大部分的个体户只能搬走。三年的辛苦打拼，不见生活有所好转，陈叔和陈姨商量之后，决定回普宁。

1997年的中国发生了很多事情。整个中国瞬息万变。

陈叔回到普宁，租了房子，由于在制衣方面经营出一些经验，陈叔决定继续开服装厂，但是不再做之前在广州做的童装，改做睡衣。最开始招了七八个车工，夫妻俩依旧在每个环节亲力亲为。陈叔要排布、裁布、熨衣服、包装、打包，陈姨除了要做三餐，其他时间都在车间里工作。

20世纪90年代下半期，服装工业取得了很大的发展，服装产量有大幅度增长，中国服装出口达到世界第一。随着人们的生活水平提高，服装市场面向更多的平民百姓，睡衣更是如此。此时，家居服的概念兴起并逐渐流行，而陈叔一家，正赶上了这一波睡衣热潮。

陈叔的车间里，车工人数增多，进货布匹的时候也是厂家成车送来的，常常要赶工把衣服做出来运到市场。每隔两三天就要打包衣服，托运到广州的档口批发出售。

2000年，陈叔买了块地，建起了楼房。

2001年，陈叔一家住进了新楼。有了自己的房子，陈叔开服装厂省去了房租钱，压力也减轻了不少。家里请了煮饭阿姨来负责车工们的三餐，陈姨在车间打打杂，剪一剪衣服的线头。

生活逐渐好转，陈叔还买了车，常常晚饭后带着陈姨和孩子们去爬山、兜风，帮衬着兄弟姐妹们买房、找工作。

靠着服装厂，陈叔一家过上了几年舒坦的日子。

起落，再离开

陈叔的服装厂生产出来的服装，主要是销往普宁的服装市场和广州的服装批发市场，而这些路径主要都是内销。在服装市场的睡衣这一块刚兴盛起来时，较大的利润空间吸引了不少人。

几年间，陈叔家附近多了很多服装加工厂，睡衣厂也不在少数，越来越多的人来瓜分睡衣市场利润一杯羹，生意也逐渐没那么好做了。

每年大年初五初六过后，陈叔就要在离家最近的天桥底下贴招工启事。最初的招工启事零零星星，后来慢慢变得多了起来，层层覆盖，大红色底加上黑字，让人眼花缭乱。甚至有其他的厂家，直接在天桥下摆出了"摊位"，直接招工。

差不多从2007年开始，年末放假前，陈叔还会给车工们包红包，要先留住工人们。周边所有的厂子都这么做，互相抢着留人、招人。招工越来越难，工人数量也逐渐减少。用工荒蔓延在许多行业内，包括陈叔家小小的制衣厂。与此同时，同样让陈叔担忧的是，常常没有订单，没有新的款式加工。严重的时候，工厂曾经停工半个多月。

陈叔家附近的一些小厂子，也一样常常处于停工状态。只有几家规模较大的私营企业，基本都是有限公司，生意依旧红红火火。

而像陈叔这样的小厂子，只能苟延残喘。

制衣的市场趋近饱和，小厂子根本无力与规模大的公司抗衡，无论是工人还是订单。陈叔家的厂子越走越难。

2011年，陈叔不得不开始考虑另寻出路，他清楚地知道，不能再守着这个厂子不放了，这条路是走不下去了。陈姨虽百般不愿放弃苦心经营十几年的服装厂，却没有办法。

重回广州，离不开服装

2012年，年已半百的陈叔再次来到了广州，仿佛生活兜兜转转，回到了原点。

陈叔没有什么其他手艺，过去二十几年都在服装行业打拼，转行也难以找到合适的行当。在广州亲戚和朋友的建议下，陈叔最终在沙河北城租下一个档口，做童装批发。

距离陈叔第一次来到广州，开作坊做童装，到现在他再次来到广州，做童装批发，已经过去了二十三年。

二十三年的打拼奋斗，他又回到广州，这个他服装产业经营开始的地方。

现在这个在北城铁路边，只有7平方米左右的档口，支撑着陈叔一家的生活，包括大儿子和大女儿上大学的费用。而19岁的小儿子，早早跟着陈叔在档口做生意，一起在档口的还有陈叔的侄子。

陈叔租了房子在沙河顶，在还未改造的旧楼里。那一片区域几乎都是握手楼。每天早上，陈叔的小儿子和侄子6点多起床去开档，陈叔可以稍微晚一点出门。

陈叔隔三岔五就要出省外去拿货，拿到热卖的货，档口生意就好一些，有时候拿到不好卖的衣服，就只能屯着，等着有机会就低价甩卖出去，赚回一点本钱。"一天大概卖有四五千块，正常的话，有时候淡季或者天气不好，都不能开市（也就是卖不出一件衣服）。"

在沙河开档口做生意并不容易。档口虽然只有7平方米左右，租金却很贵，加上房租、仓库租金，还有在北城要缴纳的管理费等各种费用，档口所赚的钱也显得微薄。

七八月的夏天，薄薄的铁皮顶让这个逼仄的空间里的空气都烫了几分；冬天的时候，呼呼的冷风直接吹进档口，冻得人直哆嗦。

陈叔家的档口所在的北城，卖的大部分是中低端的服装，利润空间小，往往只能通过薄利多销，以数量盈利。一门之隔的益民服装城，主要经营的都是品牌服饰，无论是在档口还是服装品质上，都更加"有名有分""正规和高档些"。相较之下，在北城，陈叔很难占到优势。

陈叔大半辈子都在和服装行业打交道，营生始终离不开服装。"没什么技术，也没读个大学，做了服装行业，就一辈子沉在这啦。"陈叔感慨，"现在就看那两个读大学的孩子啦，好好读书，才能有个好出路。"

沙河服装批发市场接纳着来个五湖四海的人，他们来到这里，都经营着服装生意，生活大多辛苦。陈叔的一个老乡，在沙河开档口已经二十多年，依旧守着那不到10平方米的档口，生活虽有改善,却不算富裕。

在沙河北城的档主们,有一大部分都像陈叔一样,没有高学历,没有一门手艺,在市场学着做生意,也没有太多本钱,白手起家。从90年代开始,赶着服装行业的热潮,却不是能够引领发展的人。平凡如他们,在国家经济发展转型的大潮中,难以跟上。

但是陈叔相信,只要还有热爱,还有奋斗的力气,日子总会越来越好的。

(文中人名均为化名)

(文/马佩纯)

在诗意中奋斗的商人

提起中国最著名的江川，想必每个人都会脱口而出"长江"一名。顺着长江东流的方向望去，在江苏省常熟市古里工业园，坐落着中国第二大纸质办公用品生产厂商——长江纸业有限公司。巧合的是，这家在圈内赫赫有名的企业，其董事长的名字中也带有一个"江"字。

年近花甲的张建江，依然坚持每天工作八小时以上，并高效处理着这家大型企业的大小事务。在 2017 年中国文教体育用品协会年度会议中，他以全票当选为理事长。问其保持活力与干劲的秘诀，他笑称："我是一个充满诗意的人。"

江山代有才人出：每一步选择都让他更加坚定

张建江先生的发家史和许多知名成功人士一样，相当传奇。20

世纪七八十年代，这位毛头小伙还只是个长江沿岸的开船工，每天机械地装卸、送货、收款。

"其实当时的工作已经很安逸了，每个月能赚35块，腿脚勤快点能赚更多。没活儿时我喜欢看书，尤其是诗词类，每次读起赵翼的那句'江山代有才人出，各领风骚数百年'都让我斗志满满，我就想着能不能找到一个人生的转折点，看看自己还能在其他领域做成些什么。我也相信自己只要抓住机遇，就一定能够成功。"

1983年夏天，情窦初开的张建江遇到了令他心动的女子——顾凤珠。很快他便拎着两斤糕点上女方家提亲。顾老爷子第一次没看上他，甚至直言"不用再来了"。没承想张建江可是个痴情主儿，"选择了就要坚持嘛"。第二天他又来到顾家，赖在家里吃了一日三餐。老爷子瞅他面相老实，言语中透露着野心，便松口同意了这门亲事。

"老丈人问我平时有什么爱好，我回答，爱读诗。他又问我，有没有把诗歌中的精神运用到行动中？这句话让我豁然开朗，又有点脸红，因为当时非常想改变，但真的不清楚要怎么改变。"

巧合的是，新婚第二天，小两口的朋友来家拜访，闲谈到苏州乡下有个造纸厂，眼看着运转不济，即将倒闭，三台还算崭新的机器处于闲置状态。张建江马上接话："要不我们去看看能不能接手？"

原厂长的话直接给大家喂了碗闭门羹："想接手可以，三台不拆卖，一次性付清机器钱，必须保留原工厂一半员工。"

员工的事情倒没有太为难张建江，毕竟自己重新开张也要招工，聘请老员工也算是省去一笔培训支出。但购买机器的全款却令他十分犯难。

眼看有其他买家陆续出现，顾凤珠急得吃不下饭。张建江一直安慰她："来苏州就没有回头路，坚持到底总会有转机。"末了，爱女心切的顾老爷子前来救场，从三层裹布中掏出一百张十元钞。张建江也一狠心，把自个儿老家的三间房屋全卖了。就这样，机器顺利买到了。

每每回忆起老丈人的恩情，张建江总是充满敬意与感激："父亲的帮助对我影响很大，因为这不仅仅是表面上的经济支持这么简单，我觉得这就是我人生的转折点，顶住就肯定能够成功。"

为了寻找100%纯浆的原木材，张建江跑遍了长三角地区的林业基地。当时国内文具行业设计水平普遍偏低，他三顾茅庐，力邀韩国设计师来华工作。"这么多困难都被顺利解决，我预感自己的人生真的要发生翻天覆地的变化。"通过八个月的细心筹备，1994年1月5日，江苏省长江纸业有限公司正式成立。"长江"一名有多重寓意。综合来看，长江在中国地理版图中占据着重要的地位，表明企业未来也决心在文具行业占据一壁江山。企业所在的古里工业园区（原白茆镇）也恰好位于长江临岸，这更是在空间上的完美契合。单字来看，"江"是江苏省的"江"，是张建江的"江"，更是江山代有人才出的"江"。

历经二十五年风雨征程，长江纸业现已发展为中国第二大纸质办公用品生产商、中国十佳文具用品生产企业，国内年销售额高达三亿元，外贸年销售额可达一亿元。张建江本人在担任长江纸业董事长的同时，也成为了新一任中国文教体育用品协会理事长、江苏省人大代表。这位曾经不起眼的船夫，正在凭靠自身之不懈努力，成为亮眼的弄潮儿。

长风破浪会有时：每一种苦难都让他更加从容

"我知道会有困难，但没想到来得这么快。"开业四年后的那个暴风雨夜，不仅浸泡了仓库内的四百箱产品，也浇灭了许多员工似火的热情。

"1998年7月13日是一个让我痛彻心扉的日子。半夜我被外面的狂风雷电声惊醒，当时只想着赶快把家里的门窗锁好，万万没想到会发生那样的事情。"

因为工厂仓库所处位置属于低洼地带，加之周围排水系统不算完备，那夜暴雨时，地面所有的积水都朝这里涌来，并顺着门缝直接流进了仓库，把摞在低处的本册直接浸泡掉。"大家整理了一上午，期间都没怎么说话。一箱、两箱、三箱，门口堆积的废品越来越多，最终一共四百箱受损，连外包装的纸箱和不干胶标签也都不能再用了。"

提及起这段伤感的往事，张建江的音量低了好些分贝。这次意外使得他在经济方面损失惨重。而且因为工期紧张，只得放弃掉两笔大额订单。所有被浸泡的本册，也只能在晒干后，以当时废品回收的价格卖出。

"我眼看着收废品的老人把东西拉走，在我眼中那是一车车报废的心血。"

李白曾写："长风破浪会有时，直挂云帆济沧海。"这句诗给了正面临困境的张建江很大激励。必须坚持，必须勇敢，必须淡定，必须从容。他既是这么想的，也是这么做的。他在每周一例行会议上向员工承诺，不会因为此次天灾裁员，也希望大家不要就此放弃。对于提出辞职申请的员工也表示理解。在未来东山再起之时，他会以经济形式向所有坚守的人致以谢意。因为订单无法按时交付，为向合作伙伴表示歉意，他一咬牙买下最后一张由苏州开往石家庄的火车站票，一个人风尘仆仆地赶路十八个小时，亲自向对方解释原委。这份诚挚与真心当即得到对方的理解，并表示可以延期收货，如果需要还可以提供资金援助。这位合作伙伴后来也成了长江纸业河北地区的总经销商。

"苦难就像一汪海洋，身临其中时就看你怎么面对，沉下去就无法呼吸，站起来就可以乘风破浪。"的确，这次意外并没有磨灭张建江满满的斗志，反而激发出了更多的决心和想法。事后第三天，他买来十袋水泥与一千二百块砖头，和员工们一起在各个厂房门口砌垒台阶，防止雨水的再次入侵。平时比较陌生害羞的员工们，也借此机会得以熟络，企业上下变得更为团结。"老话说'祸兮福所倚，福兮祸所伏'嘛，现在这样也挺好，长江纸业和我自己都由此变得更加强大了。"张建江把自己厂房的遭遇汇报给主管部门，希望这些经历能为同行敲响警钟。时任江苏省文化厅要员的孙虎被他这种精神感动，邀请他把这段经历汇成材料，在年底总结大会上发言，给更多的人以借鉴。

2000年,张建江找到江苏省书法大家杨云柳,邀其将诗仙的这句名言写成大字,装裱悬挂在办公室墙壁上方。在经历商场上的种种沉浮后,许多事情都已动摇不了他强大而从容的内心。那些苦难,只会培育出更为坚强的花朵,滋养着花朵茁壮生长、向阳绽放。

书山有路勤为径:每一次学习都让他更加进步

纵观张建江的日常生活,他确实很好地践行着每日学习、每日进步的人生准则。办公室的书架上陈列着几百本书籍,并按照类别整齐摆放。最上面一列为财经类,接着依次是语言类和文学类。"我喜欢培根的那句名言,'读史使人明智,读诗使人聪慧,哲理使人深刻,道德使人高尚,逻辑修辞使人善辩。这么多年的坚持下,我确实感到自己在进步,变得更加聪明、透彻。'"

"我爱读诗词,所以把文学类书籍放在稍矮些的位置,这样不用起身就能随时取阅。"一本原先只有103页的《唐朝诗歌鉴赏》,因为承载着密密麻麻的笔记与便利贴注释,变得颇为厚重。纸张也因多次翻阅而略显毛糙。

"我的小孙子特别爱考我,经常是他随便读一句,我就能顺着背诵出那篇全文和注释。公司上下随时都可以来挑战我。"张建江随即打开他的手机微信界面,置顶在前三位的群聊分别是"江苏省楹联协会群""古诗词爱好者群"和"成语接龙群"。

谈到读书带来的好处,他的话语如洪流般顿时倾泻而出。"前年我们去日本参加文具大赏,一位来自法国的代表因为不了解我们

'风华正茂'系列的展品,就当场说中国的文具业设计水平低,文化底蕴不强。"我听后连忙上去向他解释:"'风华正茂'取自中国伟大领袖毛泽东的著名词作《沁园春·长沙》。我们把它植入封面,首先就是对前辈和优秀传统文化的致敬。'风华正茂'用来形容青年人朝气蓬勃、奋发有为的精神面貌,这和我们正在崛起与腾飞的中国文具产业恰好呼应。我还仔细为他讲述了长江纸业的设计理念与排版工艺。如果我平时不读书,肯定当场吃哑巴亏。"顾女士此时恰好路过,看到张建江满面得意的神情,连忙打趣道:"你这是在为中华之崛起而读书呀。"

虚心竹有低头叶:每一个回应都让他更显低调

和许多大人物的张扬不同,张建江先生在成名后,依然未改其低调谦逊的本性。公司项目经理毛卫刚评价说:"他无论做什么,都没有一丁点儿大牌架子。走在大街上,如果不告诉你这是身家过亿的董事长,你可能会想当然地以为这就是位很普通的老人。"

张建江的办公室里只有两套西装,主要用于出席各大场合时穿着。都不是名牌,价格也不贵。"黑色那套是2010年女儿结婚时买的,新的这套是2016年参加G20峰会时穿的,之前也没怎么买过礼服。"顾女士补充道。"买那么多、那么贵的没必要,有得穿就好了。"张建江说。

中国自古有"梅兰竹菊"四君子之说,而长江纸业为了贴近传统文化,于2001年推出四君子系列本册并传承至今。其中的"竹系列"是张建江的偏爱,在该款版式中,正中央绘制着竹林图案,左侧题写有著名诗句:"虚心竹有低头叶。"该系列的第一本成品就存放于他办公室的显眼位置,时刻提醒他保持恭敬之心。

长江纸业生产园区内分布着几片小竹林,里面的每一棵都是由张建江亲自栽种的。"从1994年建厂到现在,我每天都会去转一转。刚开始只有一片,后来工厂规模越来越大,也就有更多空地可以种植。你可以在厂里转转,我不怎么爱养鲜花。看到竹林心底就更有气节,我欣赏它的傲骨和低调。"以叶衬心,以形彰情,竹子不仅仅代表着美丽高洁的形象,更呼应着张建江先生谦和谨慎的品行。

很多人都称赞过张建江的谦虚品质。每每听到这些褒奖,他都连连摆手,还总以"见笑""过奖"来回应。中国文教体育用品协会秘书长郝钢评价称:"说张建江像竹子,这个比喻真的很贴切。不是一味地低调到尘埃,也绝非高调到刺眼。他们都明白什么是'度',能够准确地认清自我定位,都有坚中外直的良好品性。"

在诗意中奋斗终生。张建江先生的经历既充满着非凡的印记,又印证出朴素的哲理。不忘初心,方得始终,向所有在拼搏路上坚持不懈的人们致敬!

(文/马思思)

与保险同发展

每天早上八点，55岁的邓敏琳挎着手提包，精神抖擞地走进友邦保险西门口服务部，准备开始一天的工作。而她的同龄人，不少刚把孙子孙女送到学校，上班上学的早高峰让他们感觉疲惫。

或许是总是穿着得体的职业装，邓敏琳看起来比同龄人要年轻一些，简单大方的妆容更是为她增添了一份干练的美，脸上从不缺席的笑容，加持了她的亲和力，轻易就能融化陌生人心目中戒备的高墙。我第一次见到邓敏琳的时候，就是被她这样的笑容感染，第一次采访人物时的紧张也消退不少。

每天上午，她要为团队的新人做培训，让他们尽快融入团队、融入公司，适应保险行业；而下午，她通常约了客户，与客户签单、讲解最新的保险资讯，或者是跟老客户叙叙旧，联系感情。晚上，她和大多数上班族一样，钻进川流不息的车流中，在晚高峰中回家。

从2002年入行到现在，邓敏琳已经在保险行业，走过了十七年。十多年间,她用自己的服务精神、对行业的坚守和信心,见证着自己的蜕变,也感受着行业的蜕变与发展。

入行伊始:"很多人对于保险的偏见太深了"

实行改革开放之后两年,保险业正式复业,我国保险业进入恢复发展阶段。同年,中国人民保险公司复业重开,恢复财产保险业务。

1982年,人寿保险业务得以恢复。

20世纪80年代,人们的保险意识还不是很强烈,而当时具有保险前瞻意识的邓敏琳家,其父母购买了一份人寿保险。这份保险是保险营销员上门推销的,当时还比较年轻的邓敏琳还不能感受到保险的作用,从营销员的口中知道保险是一个能给家庭提供保障的产品,但也没把它太放在心上。她更加没有预想到的是,自己在十几年之后,会作为一名寿险顾问,进入保险行业。

邓敏琳在一家大型国企工作,薪酬待遇优渥,上班时间固定;丈夫投身商海打拼,生意做得有声有色;儿子读书勤奋努力,成绩优异。小家庭的日子过得很滋润,在别人眼中,邓敏琳是一个成功的女性。这时,除了父母曾买过一份保险之外,邓敏琳的生活,与保险再无交集。

20世纪90年代保险业缓慢发展。保险在人们心中有不少的刻板印象。

20世纪90年代末,入行三年的夏狄到邓敏琳所在的国企上门拜访并销售保险。当时是邓敏琳的同事进行接待的，同事将邓敏琳介绍给夏狄，两人互换名片。对于保险，邓敏琳并无深入的认识，但是透过年轻的夏狄的讲述和介绍，她隐隐感觉到，这是一个新兴的又充满着机会的产业。

三年之后，邓敏琳面临了职业、人生的选择。她的儿子在某一天放学后，被同学欺负儿子受到委屈，又正值青春期，生理和心理都处于发展和不稳定的时期。为了儿子的健康成长，邓敏琳毅然辞去了待遇优厚的国企职务，专心做家庭主妇，照顾家庭，保护孩子平稳度过成长的重要时期。

辞职之后的一两年时间里，邓敏琳会感到迷茫和不适应，但是也没有再工作的想法。"以前我所在的国企能给我的待遇，我以后再也遇不到了"，邓敏琳在讲述这一段经历时，语气中透露出淡淡的失望情绪，"在家里就是专心照顾家庭，不过偶尔想到自己，还是会希望不要脱离这个社会。"

某天在家中打扫的时候，邓敏琳发现了当时夏狄递的名片，邓敏琳心中又是微微一动，她感觉到，心中有些东西，正在悄悄地生长出来。碰巧当时夏狄对邓敏琳的同事进行跟进回访，同事也把邓敏琳约了出来，夏狄主动邀请邓敏琳到公司听课。

通过几个课程的学习邓敏琳看到了自己进步的可能。

两个月后，邓敏琳正式入职。签第一张保单的时候，她心中惴惴不安，不敢出门。她约了自己以前在国企的同事聊天，顺便"推销保险"，马上要到约定的时间了，邓敏琳却迟迟不想出门，她心里害怕。还是夏狄软硬兼施，将她逼出了门。与朋友聊天的过程中，邓敏琳不敢提起保险，反而是朋友们主动鼓励她向他们介绍保险。第一张保单签得很顺利。但是直到入职两个月后，她才敢与家人和朋友提起，自己进入了保险行业工作。

"大家对于保险的误解太深了，初期的时候，我真的做得挺艰难的。我想证明给大家看我的选择是正确的，但是签单又不易。但是别人能做到的，我相信我也可以做到。"邓敏琳没有放弃，一点一滴去积累客户，培养自己的服务意识，也培养自己的个人魅力。很快，她的事业逐渐迎来转机。

"我跟我的客户，都成了朋友"

2003年第一家保险公司上市，保险公司的规模和经济实力令人惊艳。这一年也是邓敏琳职业生涯的转折年。

邓敏琳接手了一个"孤儿单"（注：孤儿单即跟进投保的寿险顾问离职后留下的没有人跟进的单子），该单的投保人不小心弄伤了手臂，需要保险公司进行理赔。但是，由于医生的疏忽，病历上少写了一部分的药物，导致病历和发票对不上号，有一部分的医药费无法报销。想到理赔的钱不多，但是又要重新跑医院找医生补病历，投保人觉得太麻烦了，就想放弃一部分的赔付。邓敏琳本着为客户争取合理的最大的利益的想法，主动要求帮投保人跑一趟医院，补好材料，再向公司申请理赔。

十几年前，公共交通还未如现在一般发达，广州市之间各区的联系也不紧密。邓敏琳转了好几趟公交车才到达医院。她找到投保人的医生，补好了所需的材料，投保人因此获得了全额的赔付。这位医生对于邓鳕玲不嫌麻烦为投保人服务的行为很认同，也很欣赏邓敏琳认真的处事态度，主动询问起邓敏琳在哪家保险公司工作，并交换了名片。几天之后，他约见邓敏琳，并在邓敏琳处买了一份保额比较大的重疾险。

这是邓敏琳第一次，接触到大数额的保单。

在随后很长一段时间的接触中，这位医生对保险、对邓敏琳都有了更加深刻的了解，也很乐意多介绍客户给她。

对于职业生涯中的另外一位贵人，邓敏琳是这样评价的："这个人给我的印象是最为深刻的，她的单子，是我人生中签过最艰难的一张单。"

这位投保人是一位事业女性。偶然的机会，她在朋友家中看到了邓敏琳寄给朋友6岁儿子的手写生日卡，感受到邓敏琳对于事业的用心，正好她准备为家庭配置保险，正考察合适的寿险顾问，她将邓敏琳列进了考虑名单中。她三次约见邓敏琳，每次都让邓敏琳至少等2小时，她才慢慢悠悠出现。邓敏琳有些生气，也想过放弃这个客户，但是在挣扎是否等待的时候，她还是选择坚持和等待。而每次跟邓敏琳聊过保险的配置与策划后，她也不表明自己的态度，邓敏琳摸不清楚这位客户会不会决定在她这里买保险。而最后，在对比了几位寿险顾问的服务和几家公司的保险产品之后，她选择了每次都愿意等待，富有耐心的邓敏琳。

邓敏琳在国企的工作经历帮助她养成了仔细、耐心的工作习惯，她个人本身也是一个做事认真的人，加之原本友善温柔的气场，优秀的品质为她的职业生涯开启了一条快车道。

邓敏琳的确遇到了贵人,这两个人都是各自的生活圈中具有影响力的人物,随后为邓敏琳介绍了很多客户,开拓了她的事业版图。同时,也有很多人看见邓敏琳保险业绩的优秀,转行投身邓敏琳麾下,共同开拓保险事业。

改革开放以来,广东一直是经济发展的排头兵,经济发展速度快,又因为毗邻港澳,对于事物的接受程度更高,各种新鲜事物有更多的发展机会,保险这一原本不被人看好的行业也在逐渐蓬勃发展起来。人们对于保险的观念在不断地与时俱进着,为保险行业的发展,提供了一个很好的发展机会。

邓敏琳的职业版图渐渐拓宽,共同奋斗的团队不断壮大,销售业绩的提高变成了一件轻而易举的事情。多年的耕耘,终有收获,邓敏琳横扫公司大小奖项,尽揽公司各种各样的竞赛奖励,也成为了全球寿险精英的最高盛会——百万圆桌会议的会员。

时代助力:"现在是保险业发展的黄金时代"

2011年,保险消费者权益保护局正式成立。2013年,中国保监会决定,将每年7月8日确定为"全国保险公众宣传日",同年11月,国内首家互联网保险公司正式开业。2014年,"新国十条"(注:"国十条"指《国务院关于保险业改革发展的若干意见》)出台,把发展保险事业从行业意愿上升到国家意志,以顶层设计形式明确保险业在经济社会中的地位,提出我国要努力由保险大国向保险强国转变。

这无疑给保险业提供了政策支持和极大的发展可能。这样的机遇，绝对是不可多得的行业红利机会。

行业在发展，也推动着邓敏琳的成长。十七年的保险业生涯，塑造和打磨了她。原本性格内敛，不爱和人打交道的邓敏琳在进入了保险行业之后，从被迫变得外向，到慢慢真正对人敞开心扉，成为别人的"知心大姐姐"，自身也得到了修炼和内在的提升，工作和生活的状态也和以前在国企的忙碌不一样，她做到了工作、生活和家庭的平衡。

在国企的工作过程中，她很少能接触到管理等领域的工作，而在现在的工作中，她除了创造个人业绩，还要管理自己的团队，带领团队进步。她学会如何利用人才，将团队中每个人的长处都利用起来，让他们感受到自己被重视。

"十几年这么走过来，很多以前反对我的人，现在看到我的发展，也在逐渐认同保险。我觉得我在这十七年来是很努力的，用双手打拼出自己的业绩。我很感谢夏狄带我入行，也感谢客户们对于我的支持。不过我觉得也是这个时代也在推着我走，时代的力量很大。国家有相应的政策的支持，大家对于保险的认识，也在进步。时间在不停地走，现在这个时代，跟我以前入行的时候大不一样了。"回顾自己的从业经历，邓敏琳有着客观分析的眼光。

对于未来保险的发展，邓敏琳充满着信心，即使现在大多同龄人已经退休，她却不着急休息，而是希望自己能够工作到走不动的那一天。"我很享受自己的工作，以前那么艰难的日子，都一天天走过来了，现在是行业的红利期，我更要把握机会，实现自我价值。"

邓敏琳给自己的团队命名为"精彩团队"。精彩，是她的生活状态，也是她所一直追求的。因为追求精彩，所以她在不断成长，不断前进。

邓敏琳站在窗边，慢慢喝了一口咖啡。她给我指了指她的公司所在，"你看，那就是我平时工作的地方。"，语气里充满着自豪。我似乎看到，她对于未来的职业画卷，正在缓缓展开。与时代共同发展，共同进步的她，未来还有很多的可能性。

她的身后，是碧蓝如洗的天空。

（文中人名均为化名）

（文/张雨）

皮带老板的三十年

广州市海珠区瑞宝北街,是一条有着三十几年历史的皮革商业街,里面有几百家的皮革商铺。往昔被运送皮革的电动车堵得死死的,连行人都难以穿梭自如的街道,如今却冷冷清清。"以前北街每天人流量上万,现在没有走的都没有一百个人了。"黄超坐在自己的皮革档口里,望着街道说道。

黄超,出生于1953年,广东吴川人,是瑞宝北街一个皮革档口的老板,他在广州从事皮革这个行业已经将近三十年了。在别人眼里,他是一个靠做皮带白手起家的有钱人,也愿意捐赠钱财为家乡建设,但实际上这位已过花甲之年的广州外来人在回家乡过清明节时也会选择在减免高速费的那几天启程。

皮革档口目前是黄超夫妻和他的女儿、女婿一起经营,他每天早上八九点到瑞宝档口,开门做生意,平时就是坐在档口里,会有一些散客拿着皮带样版板来问有没有类似的皮卖,一天下来,散客稀稀落落，皮革档口的生意惨淡。

他们一家人吃喝也是在档口里，因为皮革档口严禁明火，所以他们只能在黑暗的拥挤小厨房里用电磁炉煮饭吃。每天下午，黄超4岁的小外甥下课就会被接来档口，他也会搀扶着年近九十的母亲来档口坐坐，一家人过着四代同堂的生活。

吃饭的时候，他们一家人围着一张可折叠的大圆桌坐，偶尔看看电视，偶尔看看外面的街道，听着电动三轮车断断续续地驶过档门口产生的噪音，偶尔会有散客来买零碎的皮料，他们就只能放下手中的碗筷，去和客户详谈，往往有一顿饭要"几经周折"才能吃完。

黄超每天凌晨十二点多便结束一天的生意回家，但在前几年北街的皮革档口都是凌晨两三点才关门的。他们一家人，经营着这个皮革档口，看着皮革行业一天天萧条。

跟着皮革市场起伏成长

在1987年，经亲戚介绍，黄超与一个朋友从吴川来到广州，做起了皮带生意。那时候他带着做了十年建筑行业才攒下来的三千块来到广州冼村，找了一个出租屋，便开始创业。"那时候做一条皮带能挣两三毛钱，勤奋的话，一天能做几百条，在当时的工资水平来说，已经很高了。"黄超说。因为一开始不熟练，也没有接到什么生意，所以没有做出多少产品，后来他就与朋友分开来做了。

经过一段时间的摸索，黄超便带着妻子和另外两位亲戚一起来到了广州市海珠区康乐村,做起了皮带生意。

"那时候(90年代初),整个广州,做皮带的估计不超过十户,整个中国做皮带的人也不多,因为有很多外省人都来广州拿货。"黄超说,"在改革开放的政策之下,很多事情都可以做,容易跟得上市场的发展。"因为没有人教,自己也不懂,就只能什么都自己去学,甚至皮带的款式都是要靠自己想象的。

在大机器缺乏的90年代,皮带全部都是纯手工制作,从大片的皮革中割出一条条皮带,再进行其他加工。"那时候又要做老板,又要做工仔,还要做师傅(厨师),真的很辛苦。"后来因为日夜劳累,黄超的两位亲戚选择转行,只有黄超夫妇还在坚持。

20世纪90年代,广州市高第街有几个档口可以接收皮带。档口老板将皮带成品进行摆版,如果有客户相中了,档口老板就会向皮带生产者进货,再转手来卖给客户。因为符合潮流的新款式皮带可以卖得很贵,所以那时候黄超就天天苦想着创新皮带样版。皮带行业看重的潮流,所以要求创新,因此他常常跑市场,去看看市场上卖得好的是哪些款式,哪些款式是市场上没有的。1989年,在频繁跑市场的情况下,黄超做了一个市面上没有的穿绳皮带,成本只有4、5元,但他卖出去十几元,在零售市场上甚至高达90元。

做皮带生意,不仅需要勤奋,更需要"眼力"。在做皮带第三年(1990年),那时候黄超在市场上看到有橡筋带的样版,因为市面上几乎是没有这种橡筋皮带流通的,所以他想自己再加一些创新,做一些新款出售。但是当时市面上缺乏有同样高质量的橡筋,所以他多次尝试后还是无法做出高质量的橡筋皮带。

几个月后,黄超去高第街交货的时候,看到有人推销橡筋,他们所生产的橡筋是可以缩水定型的,橡筋上的金丝是有足够弹力的,而且手感也很好。"当时在厂家那里拿货要 2.5 元一码,而在市场上这种橡筋卖 4.5 元一码,因为差价大,所以拿橡筋原料回来做皮带,同时也拿来卖。比如今天进 500 元橡筋的货,买回来的时候就已经挣了一半了,因为是按照市场价 4.5 元一码卖的。"黄超说道。

就这样,因为资金缺乏,他只能从厂家少量进货,再转手卖出去,如此反复 10 日,让黄超挣了不少钱。但是后来,有一些有大量资金的商家,去工厂大批量得进橡筋回来卖,导致工厂无法提供散货,再加上市场上橡筋的数量多了,供过于求,橡筋的市场价格便降了下来。

行业之间的恶性竞争一直存在,特别是在需要跟紧潮流的皮带制造业。1994 年,因为看到当时市面上有很多大牌子都是有商标的,黄超就突发奇想设计一个商标。"当时去玩具店买了一个塑料恐龙玩具,起了一个名字叫'奥迪龙',"黄超说道,"设计了商标之后,皮带明显好卖了一些。"

用印有商标的纸皮包着皮带出售,给客户觉得这是一批有质量保障的货物,便会增加销量,扩大市场销售份额。然而,"奥迪龙"这个商标后来被同行人抄袭,同样用印上"奥迪龙"标志的劣质纸张包着皮带出售,导致有大量的"奥迪龙"产品在市场上流通,然而其质量更是参差不齐。由于缺乏知识产权保护意识,在同行的恶性竞争下,黄超初见成效的商标便"没落"了。"当时只是想尝试一下,在做商标的时候就没有注册,结果还没做一两年,就被同行的人搞毁了我的商标。"黄超推了推老花镜，惋惜道。

改革开放以后，在以经济建设为中心的政策鼓励下，私营经济开始蓬勃发展，珠三角的轻工业也快速发展起来。在勤奋的工作生活下，挣到人生第一桶金的黄超在1995年带着几个工人在康乐村20多方的出租屋里开了一个皮带档口，后来租了一个200多平方米的工厂，带着30多个工人，夜以继日地进行皮带生产。

"成不成功是要很看重运气和机遇的。有些人跟着市场潮流做也可能发达（发财），有些人生产出一款新皮带也能发达。"因为当时开着皮带档口，他要做老板，还要每天想着皮带的款式创新，需要频繁走访市场，再加上年龄的增长，所以迫于重压，在2002年，黄超改做皮革生意，在广州市海珠区瑞宝北街开了一个皮革档口，出售现成的合成皮革。

2001年，中国加入世贸组织（WTO）。大量的海外订单涌进了珠三角，皮革市场迎来新一轮发展，从前以内销为主的产品逐渐转向更大的市场。"当时在北街开皮档的只有十几个档口，有很多做皮袋生意的人都来这里拿货。"黄超说，"2004年到2007年生意都不错，慢慢就能挣到一些钱。"然而，2008年，受到全球金融风暴的影响，加上国际贸易之间的摩擦增加，导致生意难做，皮革出售量出现下滑。近年来，中国整体经济发展呈下行趋势，受整体宏观经济环境恶化的影响，整体需求低迷，皮革市场现状惨淡。"做生意的起起伏伏，可以说是差千千万万倍的，"黄超说，"现在生意是一年比一年难做了。"

"皮带人"的微型产业聚集地

在迈克尔·波特的《国家竞争优势》一书中，这位一流经济学家在1990年初第一次定义了产业集群的概念：在某个狭小地理空间中，会像磁石一般在短时间内吸引到一个产品的所有供应链制造商，从而具有其他分散生产方式不可比拟的运输及采购低成本。

改革开放以来，中国皮革行业，经过调整优化结构，在全国形成了一批专业化分工明确、特色突出、对拉动当地经济起着举重若轻作用的皮革生产特色区域和专业市场，广州海珠区便是其中一个。黄超是广东省吴川市第二批来到广州从事皮带行业的人，他的成功给同乡们带来了希望与强大的吸引力。有成千上万的人在跟着"前人"的经验，蜂拥而至广州市从事皮带加工的工作，跟随着黄超等成功靠做皮带白手起家的人走过的足迹，在海珠区的东晓南瑞宝形成了一个"与世隔绝"的微型产业聚集地。

"皮带是小本生意，因为当时中国没加入世贸，主要的销售都是在中国市场，销量不大，生产量也少。不过那时候（20世纪90年代初）一年也挣到几千块。经过口口相传，现在湛江人里做皮带人数是过万的。"黄超解释道。

在广州市海珠区瑞宝，这里都是拥挤、潮湿又黑暗的楼房，蔓延在街道背后的条条小巷子里住着上千户人家，垃圾堆零散分布在每一条小巷子里，乌黑的水滴滴在每天无数人要踩过的狭窄小巷上。这里常年有着刺鼻的味道，潮湿发臭的垃圾混杂着刺鼻的皮革味道飘洒在空中。这里每年有很多小生命诞生，也有很多过早辍学的十几岁孩子将这里作为其未知人生的暂时居住地。

在这里聚居的人绝大部分都是湛江人，家家户户都靠着做皮带加工维持生活，加工一条皮带能挣几毛到几块不等，简单且高度重复的皮带加工对劳动者的要求不高，似乎只要勤奋就能发家致富。他们的家里堆满了皮带，有些较为宽敞的出租屋里也有配备较大型的皮带生产器械。

走进小巷子，就会看到家家户户都有人在皮带堆里埋头苦干，耳边充斥的是机器运行的嘈杂声音。他们的生活是日夜颠倒的，因为早上要出货，所以他们晚上赶工，白天睡觉；这里的凌晨是喧闹的，这里的"白天"在下午才开始。瑞宝的大部分商铺都顺应着这里的人们的生活，半夜时分才关门，中午才开档。

湛江人的"老本行"便是建筑业和皮带行业，他们生活在瑞宝，宛若一个"熟人社会"，甚少见到有广州人的身影。在瑞宝几千米之外有一个海珠新都荟广场，那里集电影院、KTV、高档购物商店于一身，是海珠区东晓南最繁华的地方之一。

改革开放以来，随着个体私营经济的快速发展和市场经济的不断繁荣，在我国经济较为发达的一些地区出现了相当数量的将人员住宿场所与加工、生产、仓储、经营等场所在同一建筑内混合设置，俗称"消防三合一"。"大家一开始是在康乐村做皮带加工的，后来有关部门查消防三合一，再加上中大布匹市场兴起了，导致周围房租也贵了，所以大家就搬到土华、龙潭、石溪、瑞宝等地方做皮带。"黄超说道。如今大家便聚居在了瑞宝、土华等地区，形成成片的皮带加工地和皮革销售地。发展至今，海珠区瑞宝已有上千户人家，皮革产品的聚集地的形成导致瑞宝的地价越来越高，一间不见阳光的十几平方简陋出租屋的租金也高达上千元。

如今，随着皮革行业的低迷发展，皮革加工的生意越来越少，越来越多的瑞宝人开始"出走"瑞宝，开始另谋出路，但也有不少人选择在瑞宝等待下一个皮带订单的到来。

"2004年、2005年那几年，北街天天都走不通，档口有几个工人，大家一天到晚都在量皮（计量皮革）。现在北街生意普遍不好，因为国际形势严峻，受到国际的影响很大。"这位每天都会看国际新闻的"行业老手"在分析目前皮革市场的形势时说道。

沿着北街走出去，沿途的皮革档口里的人大部分都是静坐着的。"老了，不想再辛苦做了。"64岁的他望着北街说道。凌晨时分，他锁好闸门，慢慢往北街路口走去，在北街那略带昏暗的微黄灯光下，渐渐拖长了身影。

（文中人名均为化名）

（文／易红）

Chapter Ⅲ
跌宕起伏

制衣的消逝

1989年,阿炯18岁,刚读完高中。他的成绩不好,勉强读到高中毕业,也没有什么特别突出的才能。毕业之后,他选择进工厂打工。

第一份工作是进城里的玻璃厂做一个包装工。和流水线上的每一位工人一样,他守在工厂的车间里,擦拭玻璃瓶,然后把瓶子再放进包装袋中。这是一份枯燥的工作,他只能日复一日地在闷热的环境中做着苦力活。但对于那时候没有工作经验,也没有太高文化基础的阿炯来说,这是他唯一的选择。所幸,他是家中的老幺,没有太大的经济压力。

十个月之后,阿炯辞职了。

从城里回到镇上不久,江门的江利源制衣公司在镇上新开了一间制衣厂。阿炯听别人介绍说这里在招人,就进去工作了。那时候的阿炯没有想到,他将从此与制衣结下数十年的不解之缘。在制衣厂中，阿炯原先是打算做一个裁床工人，就是把布拉到车床上裁剪，结果却被安排进了熨衣部，也就是包装的一部分。

其实熨衣与裁床的工作看似不同，但实际上与玻璃厂的包装工一样，都是机械性的工作。两份工作的工资也差不多，都是计件制，制衣厂的月工资大概比玻璃厂的高100元。虽然工资并没有比玻璃厂的高很多，但是制衣厂的工作却比玻璃厂的工作要受欢迎很多，那时正是制衣行业蓬勃发展的时候。距离改革开放已经过去了十三年，广东作为重点发展的省份，有越来越多的工厂在这落户，而制衣行业无疑是其中发展最好最受欢迎的行业之一。工厂很多，而工人更多，哪怕是厂里一个普普通通的工人位置，都不是那么容易得到。

那家制衣厂是江利源公司在镇上开的一间小厂，几个月过后，厂里能接到的货越来越少。这对于计件制的工作而言意味着工人的工资也越来越少了。事实上，开办得如火如荼的制衣工厂大多集中在城市，镇上以及乡村中仍然以农业发展为主。

阿炯辞职后又来到了普莲制衣厂成为一名熨衣工人，工作半年后经自己的姐姐介绍，辗转去到江利源公司。这个江利源并不是原本在镇上的江利源，而是位于江门市的总部。当时一起在镇上工作的工友们也随着工厂的搬迁一起来到江门总部。曾经的工友时隔半年又再相聚，对于当时来说是一件十分常见的事情。因为地区发展差异，三四线的城市还未涌入大量的外来劳工，往往是同一群工人在不同的工厂中转移。

但是就算是在市里的工厂上班，阿炯要做的工作仍然是日复一日地熨衣包装，三班制地混在工厂里，昏暗闷热看不到光。这对于一个二十多岁的年轻人来说是一件难以忍受的事情。

Made in Hongkong?

在德士活国际有限公司（香港）（以下简称"德士活"）工作是阿炯制衣生涯迈向巅峰的第一步。当然，他并没能直接在香港工作，1993年9月，他去到德士活在深圳的工厂。德士活在制衣行业是一个十分有名的公司。旗下有TAL与TIL两个部门。TAL主营的是德士活的本土品牌——萍果牌。20世纪80年代时，香港牛仔裤品牌"萍果"进京，一条裤子要销售100多元，相当于普通工人一个月的工资。TIL则面向国际，主接国外订单的部门。

早期的国际制衣行业有"quota"的说法。"quota"，即配额的意思，中国每年可以出口到外国的货物是有限制的。当时，中国内地的配额仍然较少，香港的配额则较多。德士活的配额是其中第二多的。因此，德士活会对外接单然后发给内地的工厂做，从中赚取差价。所以有些衣服即使是在中国内地生产，标志上写的却是"Made in Honkong"。

香港订单的转移促进了中国内地制衣行业的发展。一方面体现在彼时内地的工厂大多为国营企业，那时候国内的成衣品牌较少，制衣厂多以国外的订单为主，鲜少有内销的。当香港将订单转移至内地，部分商人瞄准商机开办私人工厂，利用价格低廉的劳动力获利，促使最早一批内地工厂发展起来。另一方面体现在大多内地工厂聘请香港的工人作为车间、采购、跟单等方面的师傅，再聘请内地工人作为辅助，使得制衣行业有序良好发展。

但是，因为香港公司无法实时监控工厂的生产环节，明确各类标准，把货外包给其他工厂做是要承担质量风险的。这催生了制衣行业的一个特殊职业：品控（品质控制）。

不喜欢一直被拘束在一个环境下的阿炯立刻发现了他所想要的职位——品控。因此通过亲人的关系，他拜托其他人介绍，应聘成为了德士活的一名品控，每天跟着货往返于不同的工厂之间。1993年到1994年的这段时间里，接单的工厂主要集中在深圳，后来就转移到增城、顺德，再后来就转移到江门、惠州等。也正是在江门的这段出差中，他遇到了自己的妻子。这一步步的转移昭示着制衣行业正在往劳动力更大量而廉价的地方发展，而早期从制衣业中获利的深圳等地却已经逐渐转型。

Made in China?

德士活的工资福利相当不错，1993年阿炯刚换工作时曾经算过，在德士活的工资是江利源的两三倍。如果算上福利与津贴，基本上翻七八倍左右。因此在德士活当品控是阿炯做得最长的一份工作。这长达十年的工作给他带来了优质的生活，也令他成为一个经验老到的制衣品控，让他以后找工作更具有优势。2003年，阿炯从德士活中离职。

他很早就已经预感到自己的离职。哪怕德士活的工资很高，但他明白如果再不转型，这类型的公司很快就要走到尽头了。从 2000 年开始，制衣行业的配额限制被逐渐取消了，内地工厂也可以"走货"到国外，德士活在内地的订单减少。这意味着国外的公司能够直接与内地的工厂联系，达成交易，德士活无法再从其中赚取利润。内地工厂制造的衣服终于可以光明正大地挂上"Made in China"的标志，不用再把货物运到香港完成最后一道标记工序。但是德士活作为一个以配额取胜的公司，失去了自己最大的优势，而公司体量较大，在转型上颇为困难。

离职后，阿炯来到 DIX 戴维远东有限公司（下文简称"戴维"）。这是一间由美籍华人在香港开设的公司，凭借此前在香港公司当品控的十年经验，他成功地赢得了老板的青睐。与德士活这类大型公司不同，戴维一早就开始为转型做准备，思考自身未来发展方向，其中就有与外国服装品牌 A&F 达成合作。

在成为戴维的员工之后，阿炯也成了 A&F 的忠实粉丝。当然中国内地也有自己优秀的成衣品牌。不过已经是比较后期的发展了。

Made in somewhere

广东制衣行业真正的颓势是从 2010 年开始的。最明显的一个现象以及原因就是工人减少。阿炯很能理解现在工人们的感受。制衣的工作的确很辛苦，而且工作环境颇为恶劣，噪音、粉尘、闷热等几乎成了任何工厂的代名词。当初的他就是因为不喜欢长期的工厂工作环境而选择做一名品控。但工人减少并不是广东制衣衰退的全部原因。从阿炯接触这个行业以来，制衣订单的单价都基本没有什么变动，但是工人的工资在提升，各种材料的价格也在上升。工厂本身的利润被一层层削薄了。

作为一名品控，几年来，阿炯去到不同工厂查货，见到的都是和他同龄的工人，戴着老花镜工作。这一群人和他一样在十八九岁的年纪进入工厂，在车间里一待就是十几二十年。鲜少能看到20多岁的年轻人。阿炯高中毕业的时候，恰好是计划生育政策开始实施的那段时间。十多年后，阿炯成长了，当时的独生子女也成长了。年轻人减少，再加上义务教育的发展，高学历人群的比例越来越高。他们普遍认为制衣工厂的工作是低端而劳累的。制衣行业已经不再是当初炙手可热的行业。就算是那些低学历的人群，也宁可去超市等环境舒适的地方工作，而不是守着闷热的车间。

其实每个人都能看出制衣行业的不景气。工人难招，订单减少。尤其是国际的贸易关系越发紧张，阿炯发现越来越多的国外订单发往东南亚及南亚的国家和地区，例如越南、柬埔寨、孟加拉等。而国内的发展也从广东迁往浙江、江苏甚至是内蒙古等地。

阿炯在工作中也被调去武汉等其他地方出差查货。一些时髦的单品，内销服装都转移到非广东省份的工厂制作。但是阿炯并不想长期在一个厂内工作，成为朝九晚五的上班族，因此他拒绝留在武汉的工厂，回到了珠三角。

2013年，阿炯被解雇了。

Made in here

被戴维解雇后,阿炯消沉过一段时间,却还是打算做一个上班族,做一个自由的品控。可是制衣的外贸量已经急剧减少,大多数工厂的订单都是直接内销,品控也只需要单独对接一间工厂。被拘束在一间工厂里并不是阿炯所想要的。他打算在四十多岁的年纪再创业一把。

他把目光瞄准了电商。和上一次不一样,他不打算开办工厂,而是成立一个自己的品牌,设计成衣再委托工厂制作。彼时阿里巴巴正兴起,成立个人品牌的成本大大降低,阿炯想要赶上时代的潮流。

阿炯这三十年的生活,是与制衣紧紧联系在一起的。虽然行业发展快到让阿炯招架不住,但是对于他来说,熟悉的制衣行业还是阿炯最想要做的事情。

(文中人名均为化名)

(文 / 麦见柔)

小镇青年"致富梦"

北上"致富"

2011年2月,北京东四环。

黄国华记得,那一天是农历正月十一,元宵节还有四天才到。这是他人生前十五年里第一次没在家里过元宵节,但妈妈的声音,却是从家乡潮州一路跟到了首都北京。老板的车才刚停好,黄国华还没来得及在工厂里四处转一转,手机就又响了起来。

"她从出发前就一直往我旅行箱里塞棉衣,还念念叨叨的,一个劲地说北京冷,搞得像自己来过一样。"黄国华回想起他第一次离开家时妈妈的样子,不禁笑了起来。

鉴于妈妈一路上已经打了无数个电话,黄国华回答得很敷衍就急匆匆挂掉了,因为语气不好还被站在身边的姐姐黄国玲狠狠瞪了一眼。

这份做门窗安装的工作正是姐姐帮他介绍的,因为老板同样是在北京闯荡的潮州人,老乡之间比较好说话,再加上黄国玲已经帮他干了一年多的文件处理,所以老板一听说她有个弟弟不想读书,想出来闯闯,几乎瞬间就答应了。就连这次上北京,姐弟俩也是直接搭着老板的顺风车,久是久了点,但省的两张机票钱也不是一个小数目。

黄国华辍学去北京不是为了当一个"打工仔"的,他是想学习一两年后,"摸清做生意的门路",再出来自己开店,因为只有这样才可能赚大钱,"像马化腾一样",当年QQ风靡的时候,马化腾是当时的人这批人眼中神一般的存在。尽管当时"双十一网购狂欢节"已经开始成为电商界的神话,但在当时的人还用着诺基亚直板手机,每月30兆2G流量的时候,马云和淘宝在当时的人心中都是没有任何概念的。

但黄国华没有想到的是,在他跟老板提到要自己出来创业时,原本"讲义气"的老板立马就翻脸了,把他骂了个狗血淋头。"原本还以为他会帮我一把,没想到张口就骂我是'偷师贼'。"没有老板的货源支持,没有前期的后台保障,单单凭借黄国华那两年的学徒功夫和满腔热血,要想在寸土寸金的北京打出自己的招牌几乎是不可能的事。

他把"赚大钱"的路规划得太简单了,以为认认真真工作两年,学到一些专业的技能,闲暇时候喝酒撸串赚点人脉,就能一路顺畅地发展下去。但事实上,他没有给老板一拳,生活却给了他当头一棒。

那是2013年的1月份,我初三寒假回来,黄国华已经到回家里了。那两年,在我还忙于学业压力时,黄国华已经在社会上滚了一圈回来。

他赚大钱的第一次尝试,算是失败了。

南下"致富"

2013年7月,广州番禺区。

黄国华这次没有再北上了,他的第二站是广州市番禺区大石街的一个五金制品厂,而且这次他还是结伴来的。

黄沛凯也比我大一岁,也是四年级时留级跟我熟络起来的,大家都是邻居,所以我们基本每天都混在一起。

就在中考放榜后不久,黄国华和黄沛凯一起把我们这群人又约出来,说是一次告别小聚会。黄沛凯中考时意料之中地考砸了,按他的说法是"到了初三快毕业才想到如果能继续读下去就好了,但那时已经太晚了,所以干脆算了,再读一年也没意思"。

虽然他留了下来并且地拿到了初中毕业证,但在黄国华离开的那两年里,他过得甚至比黄国华还没意思。除了学会抽烟喝酒打架,"每天都过得挺无聊的"。

农村非主流文化盛行的时候,有一次我周末回家照例跟他们在村里的榕树下见面,看到他叼着一根烟,把头发搞得又黄又紫、蓬松得像一个刺猬球,一辆好好的自行车也被颜料涂得五颜六色。我叹口气让他把烟戒了，他说："你不懂。"

总之，黄沛凯在中学里"混"了三年之后，就跟黄国华一起来到了广州。这个五金制品厂的老板是黄沛凯的一个远房表哥，所以"一开始来也没有觉得生活特别艰难吧，跟家里差不多，表哥也比较照顾我们"。

当时来广州的时候，他们两个本就都抱着从小做起的念头，所以两个年轻力壮的少年心甘情愿一头扎进了工厂里。

"刚开始觉得还挺有新鲜感的吧，晚上下班之后还可以一起到广州各处走走。"黄沛凯说起四年前第一次外出闯荡的感受，跟当年黄国华初到北京的场景倒是有几分相像，"等那股新鲜劲一过，剩下的就都是无聊了，每天都按着点打卡上班，一般就是在做包装，有车来的话就帮忙装车、卸货，没什么意思。"

黄沛凯说着自己也自嘲般笑了起来，时隔四年，电话那头的他现在正在福建的另一家小公司当初级员工，"这次出来没跟什么人说，过年后自己跑了出来，亲戚介绍的，没什么名气的小公司，就是在表哥那里待久了有些无聊，想出来透透气，换个环境。"

在广州重复了一整年的单调工作之后，黄沛凯被表哥叫去佛山帮忙管理另一个五金制品厂，说是"管理"，其实是因为当时佛山的那个厂快要支撑不下去了，需要慢慢地将各种事项转移回家乡去，这种时候当然是自己家的亲戚比较能信任。这样一来黄国华就只能一个人留在了广州。

不过黄国华也没有继续在广州待多久，高二寒假到他家拜年时，他已经回来有一两个月了，一方面是因为一个人待着也"没什么人好说话",另一方面是因为,他又发现了新的赚钱途径。

上网"致富"

2015年的春节,黄国华跟我们讲,他要去开淘宝店了。

2014年,4G网络慢慢地覆盖了我国的绝大多数城市。同年九月,阿里巴巴集团上市,紧接着,十一月的"双十一购物狂欢节"单日销售额达到了惊人的571亿元,其中移动终端占比达到了42.6%。

那一年我们组织了一次小学同学聚会,来了二十多人,但还在读书的人寥寥无几。昔日的那些伙伴许多早已走上社会多年,大家分布在内蒙古、广西、山东、天津、浙江、厦门等地,从事着不同的领域,也过着不同的生活,但那次大家讨论的话题出奇的统一,大家都在说现在的线下生意越来越难做,不知道还能混多久。

所以在黄国华说出自己开网店的想法之后,大家都纷纷表示这个很有前景。

黄国华听着这些鼓励迈进了互联网的大潮中,开始卖不锈钢浴巾架和地漏,选择这两种产品的原因是好做,没有保质期,没有压力。

那段时间周末回来经常看到他骑着一台红色的太子摩托车,后座绑着几个浴巾架在村子里穿行。

可是这种坚持并没有带来好的结果,黄国华的淘宝店,只开了不到四个月就没有继续经营了。网店的生意并没有他想象中那么好做，"淘宝直通车"、低价营销、用户群培养……各个环节都大有学问，哪里是坐在家里动动指头那么容易。

黄国华第三次"赚大钱"的尝试，最终还是失败了。

算了，致什么富

2015年9月，家乡潮州。

就在我高三生活正式开始的九月份，黄国华也终于停止了折腾，他没有北上、没有南下，也没有再想着要在网上搞一番大事业。他在村口的一家门窗装修店当了技术工，朋友圈的状态变成了一些简单的工作场景照，配字都是"有需要的朋友来！""完工！""今天在某某村装十五个铝窗！"之类的。

绕了一大圈，他还是回到了潮州，也回到了他最开始接触的门窗装修行业，从从业年限来看，他也已经可以算是行业里的老师傅了，技艺娴熟，又年轻力壮，虽没能实现他当年在北京跟我打电话时豪情万丈的"赚大钱"计划，也没能兑现他"以后有钱了请你来北京玩"的承诺，但也算是稳定下来了。

少年的成长，或许正是在不断地打破那些不切实际的幻想之后，回归现实，重新在生活的细枝末节中寻找重燃希望的火花。

上大学之后有一次在做关于"双十一购物狂欢节"的研究，才惊觉原来这场狂欢从2009年便开始了，而我直到2013年才开始知道淘宝，中间硬生生地隔了四年，那是一段认知的空白期。

而前段时间为了了解一些情况打电话跟黄国华聊了挺长一段时间，期间提到大数据，他问说大数据到底是干什么的？我突然就想起那时候不知道"淘宝"为何物的我。

很多事情没法重来，人生总有很多遗憾。就像那天晚上我站在广州岗顶的天桥上跟黄沛凯打电话，他跟我说："出来混了这么多年，虽然换了很多地方，但觉得到哪里过的都差不多，真是没意思"

脚下的车流化为一道道亮闪闪的光线平稳地向远方蔓延，家乡很快也有这样宽阔的公路，不像记忆中那条狭窄的镇道，车流稍急便塞成一团。

虽然我们的路线不同，但我相信我们未来的路也会像越来越宽的公路一样越走越宽阔。

（文中人名均为化名）

（文／黄敏哲）

事业还是家庭,从来不是一道单选题

对女性来说,家庭和事业似乎永远都是一道单选题。领导欣赏全身心投入工作的"女强人",丈夫需要一个全心全意顾家的妻子和称职的母亲,在经历了两种身份不断地转换和分裂之后,那些做了双选的女性就成了"超人"和"007"。

为了平衡好事业和家庭,她们只能付出比别人加倍的努力,一天 24 小时不停地在工作和家庭之间来回切换,比起"996",更令人心酸和无奈的是这些"007"。

女性的战场不只是家庭

走出考场的那刻,刘晴总算松下了一个月来提着的一口气。

去年开始,刘晴就一直在备考中国农业大学的 MPA(公共管理硕士)。在任何人看来,这都不是她考取 MPA 的最佳时机。

36岁的她,已经离开校园太久,这个时候选择考研,不仅要重新捡起丢掉的知识,还要照顾刚上小学二年级的儿子,与此同时,刘晴的公司也刚刚步入正轨。

每个周末,刘晴都要带着儿子上辅导班。孩子上课,她就在家长区做题。有比较好奇的其他家长就会围过来问:"考这个有什么用?"刘晴说:"我其实有点无言以对,我没办法将我想要学习的热情顺畅地表达出来,甚至感觉有些羞愧很想躲起来,现在想想当时的羞愧主要是因为自己不自信和不坚定吧。"

刘晴没有充裕的时间用来专心备考,只能捡起琐碎的时间,拼命挤压娱乐放松的时间。考前一个月,刘晴每天五点半起床,学习到七点。一天里,只有这段时间是完全属于她自己的,可以让她静下心来专心备考。

今年年初,笔试结果出来了,成绩超过分数线大概20分,也通过了复试,只等录取通知书了。

刘晴说,辛苦是肯定的,但是结果证明还是挺值得付出的,不管是为公司发展考虑还是出于我自己的成长需要,这都是我必须去做的一件事。更何况,我儿子也挺支持我的。"

刘晴大学本科念的是农村区域规划的专业,和MPA比较接近。大四毕业那年,刘晴在院里综合排名第六,得到了保送研究生的名额,但那个时候,参加过各类社会实践的刘晴一心只想尽早地投入到社会工作中,"让自己发光发热"。

毕业之后,刘晴顺利进入一家国际知名公益基金会工作,从基层职位做到全国项目负责人她只用了五年时间。但工作到第七年的时候,她突然选择辞职。

她说:"我对这个行业太熟悉了,我做了七年,继续待下去会进入舒适圈。而且虽说那家公益基金会比较关注女性权利,但是我后来发现在公益机构倡导女性权利效率非常低,而且方向会越来越偏。大概从那个时候起,我就有了创业的想法,思考有什么办法能更有效地帮助女性实现职业价值。"

创业初期,公司的发展并不太顺利,刘晴每天的大部分时间都花在了公司初期的建设筹备上。刘晴的公司离家比较远,每天早出晚归,在家的时间越来越少也因此和大夫产生过一些矛盾。

但刘晴从未有过放弃工作回归家庭的想法。她肯定地说:"我渴望实现梦想,想要帮助女生发展职业。"

这个公司是刘晴等了四五年才盼来的,公司的创办对她的意义远不止是她个人理想的实现,她一直在想,"怎么样才能让女性实现其在工作中的价值,现在我想到了,我也能做到了,那么我为什么不坚持下去呢?"我相信我的坚持也是给我的孩子树立榜样,我的家人会理解我的。

"拿起工作,我就无法拥抱你"

需要做选择的不止刘晴。

赵静是成都一家外资银行的经理,朝九晚九的高强度工作,加班更是家常便饭。

孩子长到两岁那年,赵静被确诊为产后抑郁,"可能是工作压力引起的，那段时间头痛得很厉害，记忆力很差，脾气不好，对天气敏感，开心不起来。于是我辞职了。"赵静给自己安排了各种艺术课程和旅游画画唱歌来调节自己情绪。虽然自己心里觉得很愧疚，但是以她当时的状态，很难照顾好孩子，也很难专注地完成工作。

后来赵静的情绪慢慢恢复，她想重新回到职场，但她意识到在大半年都没有太阳的西南地区使她的心情根本无法恢复正常。和丈夫商量之后，赵静决定离开成都，独自一人去了广州工作。

父亲选择经常出差、更换工作城市是出于各种客观需求的正常变动，但母亲会被顺理成章套上本该夫妻双方承担的照顾家的责任。

赵静可以不理会质疑、指责的声音，但她心里始终觉得自己亏欠孩子。"因为我身体的缘故，家里照顾他的人来来回回也不少，我一直以为孩子还小，可能对我离家在外工作不会太在意。但一次孩子因为想妈妈想哭了，他打电话过来，问我早上吃的什么，中午吃的什么，晚上吃的什么，问完了继续问昨天前天吃的什么。"

职场中的妈妈，是在戴着脚镣跳舞。

在新城市里，赵静换了份轻松些的工作，也许是因为阳光，她获得了新生。

如果无法做到两全其美，那只有接受自己的瑕疵，才能使自己从进退维谷中解脱出来。

赵静对自己的"出走"从不后悔，她不理会那些"无情""不负责"的评价，她接受抑郁的自己，想方设法让自己好起来。

她说："一个不好的我，怎么能照顾好孩子呢？"

她感谢抑郁，"如果不是因为抑郁，我可能一辈子不会读那些书，那些让我重新认识自己，重新开始思考人生的书。它们让我停下往前冲的急切的步伐，让我知道该如何度过下半生，如何更好地教育我自己的孩子。"

两小时的飞机承载了一个分居两地的家庭半个月的牵挂。

赵静和丈夫孩子约定，每隔半个月相聚一次，"有时候我去找他，有时候他们来看我，也有时候我们一块儿去旅游。"

换了新工作后，她给自己的时间安排得满满的，只不过是另一种忙碌的状态。"书法、国画、吉他我都在学，我还想尝试户外网球。越来越喜欢法式风格的衣服，优雅又慵懒……"

她在新一年的规划里这样告诉自己："为自己而活，平和沉静。……未来，我希望脚步是自己的，路也是自己的。"

"夹心"人生：皆大欢喜的代价是牺牲我自己

在职场和家庭的天平上，职场妈妈们只能小心翼翼地维持平衡。稍有闪失，就会打破这份来之不易的稳定。夹在职场与家庭中，她们活出了"双份"人生，也承受着双倍的压力。

方婷工作第一年，就怀孕了。领导对此一直有些意见和看法。

为了挽回领导心目中的好印象，方婷一休完产假就返回单位，也比别人工作得更拼命。刚生完孩子的方婷记性变差了，反应也变迟钝了，她只能努力地适应工作，努力让自己恢复到之前的工作能力。

"有次单位有事，需要我带领一个小组加班，我当时还在哺乳期。但是考虑到未来发展，我没有拒绝。"加完班已经晚上十一点。方婷在单位忙得没顾上挤奶，胸涨得像石头一样硬。十二点回到家，六个月大的儿子还没睡，一直哭着等方婷回来。

"我抱起他，他软软地趴我肩上，一分钟不到就睡了。我的心里开始自责。"

从那以后，方婷下班后大部分的时间都用来陪儿子，做游戏，讲故事。

而白天的工作不仅要按时完成，还要额外完成更多工作。其他同事推脱工作的时候，方婷就把工作接过来，当作锻炼自己。

经过一两年的努力，方婷被调到一个重要岗位。一切都向好的方向发展。

职场和家庭，究竟该怎样选择，每个人都有自己的思考。但对于家庭来讲，这并不是只有妈妈该思考的问题。只有家人齐心协力，互相扶持，才能冲破各种困难，迎来更好的明天。

（文中人名均为化名）

（文/杨琳）

商海孤舟

陈登学躺在沙发上，脸色逐渐变得严肃起来。熟悉他的人都知道，这是他思考时的表情。

近年来，互联网商务对于传统实体商务的冲击越加明显，如何才能在这场冲击中存活下来，成为陈登学每天要思考的问题。显然这种"互联网焦虑"并不是他个人独有的，就在一个小时前，铜梁当地餐饮业龙头的老总给他发来信息，邀请他一起入驻一个铜梁本土线上消费平台，用抱团抗争的方式来应对互联网商务快速崛起的市场新形势。在前途未卜的今天，这可能是他们涅槃重生的机会，但也带来了巨大的挑战。

顺应时代的一辈人

出身农村的陈登学，是奋斗青年的典型模板。

"当时家里是生产队里最穷的,但父亲省吃俭用也坚持让我去接受教育。"回忆起幼年的经历,陈登学感慨万千,"或许这就是父亲的先见之明,我们这一代的兄弟姐妹五个人,三个都通过读书来到了城市,也有了进一步自我发展的机会。"

成长经历对他的影响不仅仅是拥有了更广阔的知识面,还有更强大的观察能力和适应能力,而这两种素质,正是他后来走上经商之路从而发家致富的关键。

陈登学毕业时,迎接他的是第二轮改革开放的大潮。变革的春风也吹入内地。虽然已经端起了体制内的"铁饭碗",但充满冲劲的灵魂使得他下定决心去广州进行闯荡。

"刚到广州时,身上的钱只能支撑我三天的口粮,我也不会粤语,完全听不懂当地人在说什么。但是站在人来人往的路口,我能够感受炽热的心脏在跃动,那是兴奋的感觉。对我而言,广州是个寻梦之地,是个充满一切可能性的黄金城。"

通过打工,他在广州立足下来。在这个过程中,他的工作热情和展现出来的组织能力使其在得到老板的赏识并迅速升迁。

他和他的同辈人,在改革开放的大背景下完成人生飞跃的第一步。而这种顺应时代的生存方式,也成了这一代人最鲜明的代际标签。

逐渐成长的一代:在充满机遇的年代继续前行

两年后,陈登学回到重庆老家,开始了真正意义上的第一次创业。

"我也没想那么多，但是在那个年代，中国的实体商业都处于蓬勃发展中，市场的火热是显而易见的。"

谈到这段创业史，陈登学总是充满热情，就如同一个征战四方的将军回想起自己从军入伍的当初。那个时候的他，是个热血又专注的实业家。

他说，以前听老人讲，社会这方小天地，必然会将人打磨的圆滑，就像尖锐的砺石在流水的冲刷下磨光了棱角。人到中年，他才后知后觉，自己已经完成了这种改变。

"我很羡慕那些能够坚持理想，即使在现实面前碰得头破血流也微笑着继续战斗的人们。但同时我也知道，我永远不会成为他们中的一员，因为我有自己的生存之道。"他沉思了一会，"我经历过贫困，决心要让家人过上富足的生活。我要在有限的人生中创造尽可能多的社会价值，这就是我的人生理想。从某种角度来看，这是另外一种形式的坚守。"

2007年，陈登学已经从充满干劲的实业家变为高瞻远瞩的投资者。

"光凭借热情，人不可能到达目的地。因为，人必须首先找准方向。"当时的他，敏锐地意识到，随着北京奥运年的到来，中国本就十分火热的建筑业将会迎来一个新的高峰。于是他成立了一个小型的建筑公司，专门负责脚手架的出租。市场形势的发展果然如他所料，通过填补市场的空缺，陈登学获得了丰厚的回报，这更加坚定了他进行商业投资的决心。

虽然陈登学从未接受过完整系统的金融经济类课程教育，但丰富的社会实践经历使他有一种强烈的预期：房价必定会有一个明显的低谷。要进行房地产投资，这是最好的切入时机！于是他早早就准备好了购房资金，及时买入优质房源。陈登学敏锐的观察能力再次给他带来了丰厚的回报。在此后的几年里，这几套房源一直在升值。

"还有一次，大概是2009年吧，我看到电视新闻里在宣传家电下乡政策。"在理清了思路后，陈登学马上就又开始了行动，"当时我就打电话给合伙人，和他探讨进军大家电行业的可能性。虽然当时天色已晚，但遇到这样的投资机会，我还是兴奋地睡不着。"

这是个充满活力的市场，但是只有最早把握获利机会的人才能得到超额利润。幸运的是，他就是其中之一。

对于人来说最重要的素质有三种，观察能力、分析能力和判断能力。而商人群体，则在不见硝烟却无比残酷的商业战场中，将自己的这三种素质提升到了极致。

变化莫测的政策形势

这一段段投资的经历，在陈登学的眼中，就像下过的一盘盘围棋，充满变数和挑战。即使是同一盘棋局，坐在他对面的棋手也有着不同的姿态，而他最大的对手，毫无疑问是在近年来越来越充满变数的经济政策。

谁都不是常胜将军，但是每一次失败的投资经历，都让陈登学记忆犹新。

最让他印象深刻的一次,是2013年民间融资的放开。在金融形势软化的大环境下,马上给本来处于人们视线之外的民间融资机构注入了新的活力。

全国范围内的民间融资机构如同雨后春笋般成长起来,重庆也不例外。作为一个执行力极强的投资者,陈登学马上在这方面进行了投资。在刚开始的阶段,这项投资的确是带来了远超预期的回报率,因为对于各种小型的房地产公司来说,在商业银行融资渠道吃紧的情况下,民间融资渠道是解决资金问题最有效的途径。但也正是这种高额的回报,使得他对民间融资业的发展前景有些盲目乐观。实际上,围绕次级贷款中信息不对称问题而产生的道德风险和逆向选择,使得整个民间融资行业泡沫化。很多民间融资机构开始在财务报表上做手脚来"打肿脸充胖子",更有甚者已经开始使用"庞氏骗局"的手法强行维持现金流。

民间融资业的金字塔岌岌可危,个体坏账的曝光使得陈登学开始有所警觉。但他坚持认为自己能够在最恰当的时机收手,在获取超额利润的同时远离泡沫破灭的最终灾难。在危机中保持贪婪,这是作为一个商人最直观的选择,哪怕在旁人看来有些疯狂。

可是他最终没能及时从这场风暴中脱身。

连续的大型坏账使得整个民间融资业泡沫在极短的时间内迅速破灭,各地的民间贷款机构纷纷倒闭,一切烂摊子都是由投资者们自己负责。对于陈登学来说,这是少见的投资失败。

"当然很难过,但是经济上的损失还是能够接受的。因为我一直坚持稳健投资的策略，损失的金额也在可控范围内。不过还有很多不理智的投资者，因为高额的回报率而迷失了自我，变卖家产将一切资金都投入进去，所有的前期积累都化为乌有，这才是真的可怜。"

对于陈登学来说，最大的打击是精神上的，不过最终他还是释然了。

展望未来：互联网焦虑与变革机遇并存

如今，陈登学的投资还在继续，不过他也将面临全新的挑战。

"互联网改变了整个年轻人群体的消费习惯，而这些年轻人也正在成长为消费的主力军。"据陈登学说，这种变动的趋势已经不可抑制，从五年前的网上比价行为到如今的在线支付，互联网商业的攻城略地导致了传统商贸全面衰落，使陈登学们不得不在经营方式上做出妥协和改进。不过如今的他们已不是过去的那些学习能力极强的少年，在和今天的年轻一代同台竞技的时候，陈登学们经常在全新的互联网营销手段面前败下阵来。

"的确感觉到投资思路没有以往那么清晰了，我也看不清未来的经济趋势。"对于陈登学来说，当前最重要的是找到一个问题的答案：如何借助互联网手段来维持和加强传统实业项目的经营。因为对于他来说，在短时期内完全转型电子商务是低效率的，也是不现实的。

这不仅是他一个人的挑战，也是传统商人群体都需要面对的新形势。在这场危机之中,他们仍要奋力反击。鹿死谁手未可知,这是赌上作为商人尊严的一次战斗。

陈登学拿起手机,毅然决然地拨出了邀请他人入驻的平台的号码,正如八年前的那个夜晚。

夜幕更加深沉。点缀其中的繁星,虽然黯淡,也依旧闪耀。

(文/陈思言)

电子城里的"商人"

井柏今年47岁,他是三个孩子的父亲,年近半百的他也曾经是一名白手起家的"成功富商"。

少年时

井柏祖籍在福建晋江龙湖镇上的一个村子,叫锡坑村,离衙口海很近。父辈的时候他家中就是普通的农村家庭,一家人基本上都是以农活为生。锡坑村没什么特殊的自然资源。属于丘陵地貌,能被耕种的土地有限,而且靠近前线,国家投资少的,早期生活是比较艰苦的。说是农活,很多时候也只是上山摘些野菜、甘薯。

井柏回忆童年,大部分时间都是跟着兄弟姐妹们一起上山,挖菜、割草,干些农活。农村的经济和教育落后,他作为家中最小的孩子,也上到五年级。

1982年，井柏11岁。五年级结束不再读书后，他就开始骑着自行车在乡下卖冰棍。"十几岁的时候基本上是留在乡下，随着乡下的经济慢慢发展，我当过木匠学徒，也卖过很多小商品。"商品经济在发展，农业终于慢慢不再是家中的唯一经济来源，他和家人开始谋求别的生路。

直到1990年，也就是井柏19岁时，他跟随同乡一起来到了广州。据他所说，如今在广州做生意的这一批福建人、潮汕人，很多都是同一个时间来的。当被问到为什么是这个时候，他没有说出具体的原因。只是说他成年了想要自己赚点钱，身边又有一些长辈带着，就一起来了广州。

"我们先去东莞，从东莞进货，拿一些小商品回老家卖。"据井柏回忆，当时东莞有很多的国内国外品牌的代工厂，生产的商品大多是老家没有的，价格也合适。于是他就开始往来广东和福建，拿货回去在福建泉州一个叫石狮的小城市经营一个小商铺，卖的是一些钟表杂货。如今的石狮已经先进了许多，不再是当年的那个小城市了。但是在当时，市场还是非常有限的。所以后来，井柏决定将生意移到广州，开始买卖MP3这类电子产品。

"1997年我回老家结了婚，1998年2月大女儿在石狮出生了，这我才成了家。"虽然当时他在广州还没有房产，经常搬家，住所大多是廉租房。随着生意的发展，家人也搬过来广州一起住，他一步一步地在广州扎下了根。

牛市

"我在电子城卖手机配件。"当被询问到职业时,他只是这样简单地回答。越是回答地越简单,越让人觉得其后必有蹊跷。

广州电子城是广州一间大型电器专业市场,地处商业繁华路段西堤二马路广州文化公园正门西侧新建展览中心首层。电子城里的商品大多跟通讯工具有关,可以说时代怎么变、人们的通讯工具怎么变,电子城里的商品就怎么变。

"2000年到2010年这十年吧,是电子城最热闹的时候,"生意"很好到处都很多人。现在不行了。"他从市场上低价拿货,或者直接从工厂订货,订单有的高价在市场出售,有的在国内一些城市出售,更大一部分,是出口到印尼和越南。

他上午10点出发到档口去,到了中午一两点就在附近点个快餐盒饭坐在柜台上吃。小小的档口里,接单、验货、收钱、放单、算账,五六个人忙里忙外。到了夜幕降临时,老板和打工仔们又挤着一辆的士往慢慢塞着车回家。人民桥上车流不息,都市蜃楼的霓虹灯闪烁,见证着这个城市的人们结束一天的疲累。

零几年的"好生意"让他积累了财富。2002年他和太太又生了一个女儿,在2003年则"终于"喜得贵子。

只是10年很快就过去,他的孩子们眨眼渐渐长大的同时,生活也慢慢变得"真实"起来……

熊市

时代的发展对井柏的"生意"造成了不小的冲击。

一方面是店铺人手的紧缺。随着国际市场的开阔,市场上每个档口都在招会说英语的男女工。井柏没有读过多少书,仅仅是勉强识字,更别说会英语了。看着一笔又一笔的外国订单生生从眼前溜走的滋味不好受。早期的越南老客户也不再大量下单了,身边从小跟着自己做生意的侄子侄女也早已长大成人,自己成家开店了。档口的人手越来越紧缺,每年过年还会有一批打工仔回去过完年就不再回来了。

另一方面则是通讯设备的更新速度。据这个"生意人"所说,电子城里的商品大多跟通讯工具有关,例如手机壳、皮套、耳机、充电器等等的手机配件。"更新换代太快了,商场里卖过大哥大,卖过 BB 机、call 机,卖过诺基亚、摩托罗拉、蓝莓……再一直到今天的苹果、三星。"

事发

2016 年的 4 月 4 日是清明节,井柏回晋江老家扫墓。

清明节一过,他想在老家多停留两天就回广州,紧接着就接到了一个电话。电话是公安局打来的,他的档口涉嫌贩假被查封。档口当时的两个员工阿梧和阿标,均当场被抓获,随后入狱。阿梧是井柏的外甥女婿,跟他做生意也有五六个年头了,近几年来井柏有事出差都是他帮忙打点档口。阿标则是一个同乡的后辈，阿标的父亲是井柏晋江一个同乡大哥的儿子，来广州学做生意还不到一年就出了事，阿标的父母也在等着井柏给一个交代。虽然当时档口还有两三个员工，但是他们都是新来的，也不知道档口运营的具体细节，警方审问之后就放走了。

伪劣商品生产者、销售者以非法牟利为目的，违反国家的法律、法规，侵犯他人知识产权的行为，是制贩假行为。

这么多年来，其实广州电子城里贩卖的通讯工具配件大多都是仿货。电子城的档口都从工厂进货，有自己的小仓库存放和简单加工货物，然后出口卖到国外。档口的老板们在诺基亚、摩托罗拉时期，还敢将仿的手机后盖、耳机、字粒（按键）放在柜台上等待客户问价。井柏也是如此。

档口有关贩假的账单被查获，可以说是人赃并获，罪名核实。井柏由于清明节回家扫墓不在广州，没有当场被捕。

他的太太在2015年年底带着年纪较小的一双儿女移居香港，2016年时只剩下他和大女儿留在广州。接到电话后他没有马上回广州，而是在老家想对策。"我们全家，我的太太和三个孩子都靠我一个人，我不能被抓进去啊。我被抓进去了我的孩子怎么办？"他四处寻人帮忙，但逃得了一时逃不了一世，回到广州后他决定马上去自首。"我跟警方说我跟我太太离婚了，家里就剩下一个大女儿。大女儿6月份马上就要高考了，这时候爸爸被抓到牢里去你让她还怎么高考，那不是一辈子都毁了吗？"

最后判刑结果出来是"判三缓四"。

虽然人保住了，但是档口是彻底回不去了，连带着仓库也被发现，货物被一扫而空。这个本就并不高大的商人，在法律面前低下了头。井柏的家人们也同样陷入了沉思。他的妻儿们只能手足无措地看着这一切发生，现在井柏去香港妻儿团聚的愿望被打碎。而一直到审查的人来到家里时，大女儿才知道这一切。她说，在毕业典礼上，老师问起她家的事，她才知道审查人员也曾去过学校调查，只是被老师拦了下来怕影响她高考。

（文中人名均为化名）

（文/吴晓怡）

Chapter IV
栉风沐雨

离开小渔村的三十六年

等待图书馆开门的队伍中，总有廖富弟在其中。她经常早早地来到图书馆看报，风雨无阻。

一头清爽的短发是她的标志，她身材苗条，穿着得体，给人一种干练果断的感觉。

廖富弟有早上看报纸的习惯，她喜欢看经济类的报纸，尤其对图表和数字有一种特别的感觉。她看报很认真，边看边用手边的笔记本记录，字迹工工整整。厚厚的本子似乎用了很多年了，页边微微泛黄，还起了点卷边。她每天早早地来，待到午饭时间才离开。

回家简单用过午饭后，廖富弟开车去公司或者宅在家中做一些家务事。

这悠闲的生活跟她之前大为不同。

叛逆逃离，何以为家

1967年8月7日，廖富弟出生在湛江的一个小渔村。迎接新生儿的喜悦很快被冲淡，盼子心切的父亲和母亲，对女儿的出生并没有想象的开心。家里三姐弟，廖富弟是家中的老大，妹妹叫廖招弟，弟弟叫廖志发。弟弟是家中的掌上明珠。

16岁的时候，廖富弟亭亭玉立，学习成绩也很好，可惜的是辍了学，还给她"安排"了一门婚事——让她嫁给邻村村长的儿子。

"那个邻村村长的儿子满脸麻子，我之前上学的时候见过他。廖富弟笑着说："他读书也不好，我完全不喜欢他，绝对不要嫁给他。"

结婚的日子定在半个月之后。廖富弟骨子里的倔强让她不愿意成为牺牲品，她决定要逃婚。

"我们村里，大家都是捕鱼捕虾。这海里的鱼，总有一天会被捉完的。我不想就这样度过一生，鱼和虾被捉完了，我们怎么办呢？我想离开这里，我想看看外面的世界是什么样子的。"

在婚期的前两天，廖富弟偷偷从父母的抽屉里拿了20元钱和一个白面馒头，借着去邻村找同学玩的名义，逃出了她出生和成长的小渔村。

她先是坐拖拉机到了县城，然后在县城里坐上进入湛江市区的大巴，晚上就在大巴上过夜，饿了就啃两口馒头。"那个时候也很奇怪，坐在大巴上，也不怎么能感觉到饿。上车就睡觉，也不知道去哪，反正越远越好。广州好像是大城市，所以我坐到广州就不再继续走了。"廖富弟有些不好意思地说。

车水马龙的广州让廖富弟有一种不真实感,她陷入迷茫,攥着手心里面剩下的钱,她开始考虑自己如何在新的城市中生存。

她首先想到了打工。

一个异乡的女孩,操着一口带着浓郁口音的粤语,与人沟通有些困难。廖富弟先是到了一个发廊洗头,结账之后她问老板需不需要人手,恰好理发店需要一个清理卫生的打杂工,廖富弟便留了下来。每天的工作是清扫地上的头发,洗擦头发用的毛巾,保持理发店的干净,以及类似买快餐等杂七杂八的工作,一个月的工资是5块8毛钱,还包吃住。

"理发店的工作是我的第一份工作,吃的住的都不怎么样啦,不过我当时想着有个安身的地方,能够赚点钱养活自己就行。我当时的目标就是学会剪发,我了解到当时店里那些理发师,一个月能拿到的钱,是我的好几倍,我当时很羡慕。"

三个月之后,理发店老板看廖富弟将理发店打扫得干净,做事情也认真,便安排她给顾客洗头,并且给她涨了5毛钱工资。廖富弟学东西很快,顾客都夸奖她洗头舒服。

如果按照这样的轨迹发展下去,廖富弟可能会成为她想成为的理发师。不过,生活中的变数总是很多,一年之后,理发店因经营不善倒闭了。

理发店没了,廖富弟的食宿也没了,她又陷入了刚来到广州时的无处可去的迷茫境地。但天无绝人之路,当时理发店有个顾客是附近皮鞋厂的车间主任,他经常到理发店来洗头,对廖富弟的洗头技术很是满意。听说廖富弟失去工作，他主动邀请廖富弟到皮鞋厂工作，当流水线上的技术工人。可是好景不长，皮鞋厂因老板卷款逃走倒闭了。

到达广州的五年里，廖富弟频繁地换着工作，每一份工作基本上都是在工厂里的，因为基本上只有车间、工厂才能提供食宿。可是，上天似乎在跟她开玩笑，她无论去哪个工厂，那个工厂都会在一年之内倒闭。她生活在颠沛流离之中，不知何以为家。到广州的几年里，她也没有想过回家。

"当时觉得自己的命怎么这么不好啊，去一家倒闭一家，不过换这么多次工作，我也认识了一些人。我觉得我开始慢慢融入社会了，不再是那个渔村里不谙世事的小女孩了，这五年的打工经历还是让我有很大的成长，至少我的粤语变好了。"廖富弟回想起之前的经历，半开玩笑半认真地说。

饭桌上的缘分

在一次工厂的饭局上，廖富弟认识了他的大夫。

工厂里的女工人少，工厂里的工友都很照顾廖富弟。"他们会想着办法对我好。比如说那个小李今天帮我打饭，那个小陈看到了，第二天上班的时候会专门给我拿个水果，小张会在上班的时候故意站在我旁边，帮我一起工作，减轻我的工作量。他们都对我很好的，我有点害羞，有时候话也不敢和他们多说两句，就是感谢。还有人给我偷偷塞过情书。不过这里面没有看对眼的，我还是很看重眼缘。"廖富弟回忆起这段经历的时候，嘴角微微上翘，"以前好多事情我都不能做主，我自己的感情，我想自己做主。"

合廖富弟眼缘的人，在饭桌上出现了。有一次廖富弟和工友一起外出吃饭，工友带了一个朋友过来一起吃饭。"他一进门我就注意到他了，高高瘦瘦的，带个眼镜，像知识分子的样子。我看到他第一眼就觉得很喜欢，我也是这个时候才发现原来我喜欢斯文的人。"廖富弟沉浸在回忆之中，语气中还有些藏不住的羞涩。

恰巧的是，落座的时候，他坐在她身旁。他自我介绍姓曹，廖富弟也学着大家叫"曹先生"。吃饭的时候，他给她夹菜倒水，殷勤备至。她默默享受着他的关照，心里已经乐开了花。廖富弟第一次对爱情有了憧憬。

这次饭局过后，曹先生对廖富弟展开了猛烈的追求。情书源源不断地往工厂里寄，有时候曹先生会通过工友给廖富弟带点新奇的小玩意。情窦初开的年轻女孩哪里顶得住这样强烈的攻势？廖富弟答应了曹先生的追求，半年之后，廖富弟变成了曹太太。

婚后，廖富弟的小日子过得和和美美，丈夫对她也很好，一年之后他们的儿子出生了。曹先生家中是做纺织生意的，与廖富弟结婚之后，曹家人拿出了一笔钱供小两口做生意。那时候的纺织业处于上升期，两夫妻在其中也赚到了钱，足以养活一家人了。廖富弟负责帮丈夫管理财务上的事情，丈夫负责在外应酬和开拓客源。廖富弟渐渐发现自己对数字比较敏感，经常能够发现一些账目上一些不易发觉的问题，帮助丈夫挽回损失。

一切似乎都有条不紊地运行着。

初涉商海，勇者胜

20世纪90年代，商业比以往任何时候更加繁荣，国家也鼓励人们创业带动经济活力。廖富弟和丈夫就是属于从商的一批人，他们认为"下海经商"是一条致富道路。

从家乡回到广州之后，廖富弟继续帮丈夫管理生意账目。而这时，丈夫的生意却出现了危机。广州市场上突然出现了一批低价竞争者，用低价挤占市场。廖富弟的丈夫本来是以质优取胜，价格比同类的竞争者稍微高一点。一波劣币驱逐良币的攻势之后，廖富弟的丈夫被驱逐出了市场。面对仓库中堆积如山的货物，廖富弟的丈夫陷入了迷茫。

这个时候，一直作为贤内助角色出现的廖富弟，向丈夫提出了一个建议——进军成衣市场。她向丈夫建议先把手中堆积的货物低价清掉，然后用这笔钱作为购买成衣货物的成本。

"有时候也会陪我丈夫出去一些饭局，跟他一起应酬。他的生意伙伴也会带他们的妻子出席，一来二去的，我跟那些太太们都比较熟悉了，有时候也会交流丈夫的生意。我了解到他们丈夫都去卖牛仔裤了，我感觉这可能是一个机会，就建议我丈夫进军成衣行业。"

曹先生的观念比较保守，货物讲究质量为先，对于价格和营销策略不是很在意，所以多年来业绩也都是不温不火。这次听到妻子说要进军一个新的行业，曹先生有些犹豫和担心："我家里一直做纺织的，没换过行，现在突然遭到这样的打击，确实有点手忙脚乱，让我去新的行业，我又有点担心。"

下一次和太太们喝茶的时候,廖富弟请求她们带了一些牛仔裤的样版,拿回家给丈夫。曹先生见到妻子很有信心和热情,也不忍心拂了妻子的兴趣,再加上有时候在生意上,妻子给的建议还是很有建设性的,曹先生决定赌一把。

很快,夫妻二人将堆积的囤积的货物低价处理掉,进了一批牛仔裤。除了进货一批牛仔长裤,廖富弟还建议丈夫进一批牛仔短裤。"虽然说当时还是很少人穿着短裤在街上走,不过我觉得短裤挺时髦的,年轻人说不定会喜欢,赌一把吧!"

这一把赌对了。廖富弟选择的牛仔裤款式新颖,而且还卖当时很多厂商当时并没有涉及的短裤,廖富弟和丈夫赚了在成衣行业的第一桶金,一个夏季就赚到了去年做纺织品生意一年的营业额。

接下来,廖富弟乘胜追击,又进货了一批牛仔短裤。牛仔短裤的销量也很好,很快又被抢购一空,这次廖富弟还和很多零售商建立起了长期的合作关系,打响了自己的品牌。广东毗邻香港澳门,受到香港电视剧和电影的影响,很多年轻人以穿着牛仔为时髦,与牛仔相关的单品,特别是百搭的牛仔裤非常热销。廖富弟夫妇后来还进货了各种牛仔单品,成为零售商们眼中的"牛仔夫妇"。

"毫不夸张地说,当时广州街上每四个穿着任何一种牛仔衣服的人,都肯定有一件是在我这里进货的。"廖富弟毫不掩饰自己的自豪,"这次选择进军牛仔,第一次让我在事业上感觉到成功感。"

阅过千帆之后,廖富弟现在已经步入知天命之年,孩子也已经成家立业,廖富弟过得安稳而舒适,她也渐渐没有了年轻时的冲劲和狠劲,不过,对于经济的敏感和兴趣,倒是一直没有变过。

"我还是喜欢早上去看看报纸,看看经济新闻,即使我不再想着怎么去赚钱。钱,就够用就可以了。现在渐渐年长,对人生也有了更多的体会吧。包括对父母,我现在有点能理解他们的做法。"

从16岁离开那个小渔村,到现在52岁,廖富弟一直在不断尝试和突破,在社会上浮浮沉沉,感受过无处可去的迷茫,也有过最终成功的自豪与满足,似乎应该歇一歇了。

不过,廖富弟的脚步却不想停下来,她现在想做的,是去体验生活中更多的事情。"比如说去旅游啊,看看祖国的大好河山,或者去外国感受一下不同的风土人情,总之就是想有更多的体验吧。"

未来,她又将向新的方向进发。

(文／张雨)

中年"归零"

2011年对张民敢来说并不好过,原因在于一次大胆的决定。

彼时的他是一家珠三角中小企业的副总,在近十年的摸爬滚打里,见证了企业从一家供应商成长为食品连锁企业。这家主营糕点、西饼的食品有限公司始创于1993年,厂房设在广东顺德。

16个顺德人里就有1个就是老板,20世纪90年代农民洗脚上田,自创家业,迎接市场经济改革的春风,成为第一批吃螃蟹的人。

然而2011年初,在经济危机后的浪潮席卷下,食品业的行情尽显疲软。端午节前,张民敢每天都在大罗的厂房里加班到深夜,想办法解决各个经销商渠道的销售问题。与此同时,他的办公桌前摆放着一些员工的离职申请,多是管理生产岗位的中层。公司老板眼看着金九银十的月饼旺季即将来到,却无法凑出生产的现金流,背后埋怨张民敢"缺乏应对,能力不足"。

公司大大小小三十余家分店遍布了顺德全境,如今却成了不小的累赘，受整体市场的不景气影响，门店滞销的换季产品一并返厂，仓储库存积压过剩。年岁里的成就再好，他如今也不过是一介大龄的打工子弟。

一半孤勇一半真

热火朝天的球场里，夜灯准时熄灭。

在一众人不欢而散的喧闹声中，张民敢转身走进漆黑的公园小路，回家不知如何面对妻子。输入师弟刘银的号码，在电话里他说出了自己心底的真实想法，想要辞职创业。

第二天，老板办公桌上多出了一份辞职申请书。妻子并不同意他的做法，她在电话里向亲戚哭诉丈夫放弃工作的时机是如此不恰当，他是家庭主要的经济支柱。39岁意味着身体和记忆远不如年轻的时候；况且前年夫妻俩刚刚结束房贷的压力，而18岁的儿子只剩一年就要高考了；孩子的外公因为尿毒症每周都要从乡下到城里化疗，这些都需要钱。而在这个节点上，全家将被丈夫的决定重新拉进未知的迷雾，她想问张民敢，何时才能是个头呢？

12月中旬，张民敢从公司离职。新店开张仪式由老板的孩子负责主持，老板和副总一同剪下彩带。"车子你就继续用，合同这边我会取消，将来有什么需要或是看得上帮衬的，你这个大侄子也一直都在。"事后老板拍着他的肩膀说。

在外人看来，辞职是荒唐的决定，他们觉得一个40岁的人这样做就是不理智，张民敢不善于解释："会有办法的，事情可以解决的。"但师弟刘银创过业,他理解这个人的选择。

辞职后的他在厨房做了简单的晚餐迎接妻子的归来。饭桌上,夫妻俩严肃讨论了一番未来的打算。张民敢透露,他有一帮烘焙业的师兄弟,有兴趣一起合资创办企业,妻子很是担心他的近况,同时也表达了自己的意见:"我们需要留一笔钱给儿子作为未来生活的保障,现在不能也不需要急于一时,能休息就先放松一两个月吧,一切过完年再说。"中年辞职并不是心血来潮,张民敢的这份孤勇背后已经做好了打算。

回归家庭的中年人

20世纪70年代的这批中年人,总喜欢用"上有老,下有小"来形容自己的困窘境地。其实张民敢赋闲在家之后,一直在享受"上有老,下有小"的幸福。他在年关里装点家中的氛围,捣弄着从石湾淘来的生肖陶瓷,手里把玩着招财进宝的白菜玉雕,这些小玩意寄托着生意人的倔强。有时间回到乡下看看年迈的父母,不让他们思子心切;在家的日子则每天出门买菜,为儿子准备晚餐,让他在枯坐家中时不至于无聊度日。

年关将至,在福建的表弟传来破产的消息,原先的富裕小康一夜变成负债累累,经营加工食品原材料的工厂转眼就被关停。在安慰表弟的同时也惊醒了张民敢,做实业确实有风险,当下创业市场的风险深水难测,没有足够的商业经验和成熟的运营,一切都很难说。他开始精心寻找合适的创业项目,时而邀请老同事来家里坐一坐，交流最新的信息。他秉持着归零的心态，做事的前提是先要有好的态度，如果想要获取更多的知识、技能，获得更大的成就，必须定期给自己的内心清零。他相信春节结束，明年会好起来的。

寒假前的一个周末，儿子张浩从大良的高中回到了乐从。母亲拉着他的手，告诉了孩子那个决定："爸爸辞职了，他想开属于自己的厂子，这件事我们会处理好的。"

张民敢躺在沙发上，手里是一张写满电话号码和姓名的纸，每打一个电话就划掉一个名字，与老友约好拜访的时间去了解目前的各业行情。儿子张浩一早猜测到了父亲的心思。在酒店的房间里，儿子坐在靠窗的高椅上，看着在阳台的父亲背影，也一道看着涌动的归潮大海。面对困境，父亲早就有所谋划了。

然而这个年关并不顺利，张浩的外公病逝。夫妇俩带着儿子驱车千里，回到江西的小镇上操办葬礼。如今，父母过世了，直面死亡让张民敢受到了强烈的冲击，他深深体会到了中年危机的来临，自己已经有些力不从心。

归零再创业

张民敢在烘焙业已经做了二十年，他想换一些花样。创业的念头并不是一下冒出来的，他一直都在找机会做自己想做的事业。早在1999年，他敏锐察觉到了西式早餐产业随着城市白领经济发展而崛起，那段时间流行加盟门店的分销方式，他就在内陆省会城市开了一家面包店。然而好景不长，他高估了这座城市接受新事物的能力，同时也被同城资本雄厚的连锁企业夺走大部分客源，自己的第一次创业失败了。

他在走访朋友时，顺便来到了广州和中山等地的商城超市调研，琳琅满目的商品中包装精美的蛋卷引起了他的注意。传统的蛋卷无法作为小食零售，便携性不足，而且口味多是单一的，缺乏开拓年轻市场的潜力，而饼干却可以进入日常生活的零食范围，他的心中顿时有了想法。

如果仅仅是当一个生产链的下游加工企业，那么这个行业的利润是流不到自己这里来的，产业转型升级的当下，让更多的概念产品落地才是张民敢想做的。在这一行深耕多年，张民敢受到大家的尊重和信任。他首先找到了刘银，通过刘银的搭线，张民敢找到了适合创业建厂的地段信息。事情很快就落实下来了，他们在南海罗村找到了一个新建的产业园区，租下了其中一层作为厂房。光有厂房还不行，他们还需要一批技术骨干和注册资金，张民敢又询问了以前的师兄弟们，用蛋卷零售的想法说服他们入股，像是集结分散的星火，在无边的荒原上升起了一众火把。

"我们都不年轻，但我就是不甘心，想要拼一次。"这是张民敢给师兄弟们的承诺，2012年3月，几个中年人一同在成立公司的合同上签下名字，也有一批以前的同事跟随张民敢离职，加入到新的公司。总经理张民敢肩上的担子又重了一分。他们决定改进蛋卷，核心产品做成口味多样的单支量贩装，打出自己的品牌。

至于蛋卷厂，大家一致决定铺设全自动化生产线，在日益艰难的招工环境下，人工的成本太高了。为此张民敢向银行贷款了一百万，进行前期的设备投资。可是抵押的是现在居住的房子，住房抵押贷款让张民敢不能失败。他暗下决定，一定要做出一番事业。

新建成的厂房是光亮的无尘生产车间，父子二人看着崭新的设备进驻，感觉心中一块大石也同时落了地。精密的加盖机械手被安置在流水线的最尾端，保证产品包装的完整和安全。随着轴带传送机的缓缓开启，扑哧扑哧的运行节奏吸引了在场人员的关注，他们看着这条高新科技的生产线，仿佛看到了源源不断致富的宝藏。

真正的危机是实现不了自我价值

这两三年里，张民敢没有太多回家的空闲，他用实际行动做出了回应，他不仅是把控大局的总经理，更是拍摄样图、完善修稿的美工，细磨生产的老技术员，凡是公司有需要的地方，他都尽力展示出了积累的能力。和以往一样，团队很尊重这个亲力亲为的老板，他们的第一批产品得到了北方客户的认可，远销东北三省。创业初期，张民敢一直在各省之间奔波，他带着跑业务的团队前往各大烘焙企业的年终展览，开拓市场。这份差事非常辛苦，有时他们忙得半天都没有时间吃个盒饭，晚上十点的展览一结束，就马不停蹄去高铁站赶赴下一个城市，酣睡在座椅上。

"蛋卷易碎的毛病是我们成本控制的一大难题，打开市场还需要更完善的新产品。"为了解决易碎性和便携性的问题，老张和研发团队向塑料模具的生产公司不断反馈意见，一个小小的蛋卷托，形状从菱形纹路改到贴合产品的方块凹陷，三番五次的试验后，最后选择包围蛋卷底部的圆形突起作为最佳缓冲方案，而圆形突起的高度，直径都是精细控制在毫米级的范围里，才使得一箱又一箱的产品安全远销各省市。

2016年，就读广告行业的张浩即将毕业，苦恼毕业设计如何选题，公司负责营销的叔叔正好想让他给新产品的推广提供主意，因此选中了自有品牌形象的营造，张浩结合年轻人的喜好，花费两个月精力做了一份包装设计的手稿方案，鲜艳活力的色彩搭配组成了公司的形象，落地后的实体产品被命名为"甜心系列"，与"烘动派对"系列一齐作为主打项目出现在公司的展位上。

老张坚持六年的生意终于有了不小的起色。2018年5月第123届广交会开幕，在琶洲烘焙展的分会场，他一手设计的展台迎来了电视台的采访，路人的目光停留在注心卷产品包装上古色古香的广州塔和佛山祖庙形象。当记者问道，你怎么看待本次匠心营造。质赢未来的主题时，他用自己创业的经历阐述了一路走来的艰苦和收获，总结了一份钻研实业的经验。未来他们不仅要紧追潮流，研发产品，更要做强品牌意识，创造概念溢价。

广阔天地，大有作为。创业的红海里，中年人最怕的，不是一无所有，而是止步于天花板前，没有实现自我价值的心态。

（文中人名均为化名）

（文/李皓）

女儿的助推器

为人父母,谁不希望孩子成龙成凤?

对这位母亲而言,女儿是此刻冉冉上升,要到浩瀚宇宙探索的火箭,而自己就是将其推向更高处的助推器。她深知,终有一天女儿会离开自己的保护。那么早一点离开,以获得更好的教育,似乎未尝不可。

一

在东北,九月的初秋已能感受到丝丝凉意。她微微裹了一下身上的外套,紧抓着女儿的手,行进在学校操场拥挤的人群中。今天,是女儿从小学升入初中的第一天——是分班的日子。在这个东北的小城市,小学生毕业后会直接升入对应的中学。但开学前仍有一次形式意义上的入学考试,并以此为依据给学生分班。

学校的外墙上贴着十六张大纸,上面分别写着十六个班孩子的名字。她没有像其他家长那样从头开始找孩子的名字,而是拉着女儿,直接往六班的方向走去。

"妈妈,我们还是从头看起吧,我觉得我可能进不了六班。"

"不会的,妈妈相信你一定能进六班的。"

她几个月前就已经打听好,六班的班主任在这一届老师中最有威望、水平最高。这位老师带的上一届刚中考完的班级中,有一半的学生都考进了当地最好的学校。很多家长都希望孩子能够进到六班,这也是她所希望的。

她走到六班的名册前面,踮起脚尖,目光越过前面的人群,在纸上一行行地扫视,搜寻着女儿的名字。她正着看了一遍,又倒着看了一遍,都没有找到女儿的名字。"不对呀",她心想,正准备再看一遍。

"别看了,妈妈,这里面没有我的名字。"女儿拽了拽她的手,"我就说,怎么可能就那么幸运能进六班呢?"

最后她们在三班的名册里找到了女儿的名字。女儿其实并不十分在意去哪个班,她只是对新的环境感到兴奋。看着女儿一蹦一跳地跑到三班的队伍里站好,她站在原地若有所思,"至少要把孩子送到一个她觉得放心的老师手里。"她想。

那天之后,她又多次打听转班,甚至是转学的事情。

"其实也都差不多,你为什么非要这样瞎折腾呢?"她的丈夫对她的做法很不理解。

"这怎么是瞎折腾?如果能去更好的学校,为什么非要留在这儿?"

在她的这座小城市里,"找人"是办事最通用、高效的方法了。但事实上,她也只是个小人物。她确实找到了一些相关的人,但这些人似乎又并没有多大的权力。

愿望落空。没有办法,她只能开始关注女儿现在所在的班级。在一次月考的家长会中,她偶然发现家长中有人给老师送礼,希望老师能"多多关照"他们的孩子。她猛地反应过来,自己好像已经"被落下了"。于是在几天后,在去接女儿放学的时候,她带着"礼"找到老师。但令她没想到的是,老师和她聊了一会,并没有收下她的东西:"您家孩子很优秀了,真不用这样特意照顾。"

"这个老师还是很负责的呀。"她想。

二

女儿就这样在三班待了两年,到了初二下学期。正如她一开始感觉到的,班主任很负责。学校规定的到校时间是七点五十,但这位老师一直要求本班的学生七点半之前到校,并每天亲自带着同学们早读。

"你呀,就是运气好,碰上这么一个好老师。"她点着女儿的小脑袋笑着说道。

她本已经暂时满足于女儿的现在的状态,但一次同学聚会再次让她平静的生活起了波澜。

那天,她在天津做生意的同学回到家乡,几个相熟的同学外出小聚。大家于高中的青葱岁月相识，转眼间都已经四十好几，成家立业。席间，他们不免谈起生活近况，谈起家庭和子女。

"对了，你们知不知道天津有一个蓝印政策？"

"什么蓝印政策？做什么的？"

"现在啊，只要在天津买个房子，就可以把全家户口迁过去。最主要的是，可以让孩子直接在天津参加高考！"

可以让孩子去天津高考？这句话一下子提起了她的注意力。在中国，几乎所有孩子十几年在学校里摸爬滚打，最终都是为了那一次高考。每年全国那么多考生，但中国说得出名字的好大学就那么几所。当时，教育部把全国省市大致划分为三类，高考试卷分别适用全国一卷、二卷和三卷。三套卷子的难易程度略有差异，教育资源相对较好的省市使用一卷，较东北或西部的省份使用的二、三卷来说略难。然而这其中有几个例外：北京、天津、上海、江苏和浙江，不使用全国统一试卷，而是高考自主命题。这些自主命题的省市里，有格外难的，例如江苏卷；也有坊间相传"格外简单"的，例如天津卷。

从同学口中了解到这一消息后，她开始查找具体的政策要求。办理天津市蓝印户口需要一次性全款购买一套房产，取得蓝印户口的外地学生只要在天津市普通高中有正式学籍，并在天津高中读满三年，获得天津高中毕业证书后即可在天津参加考试。

她盘算了一下手头的存款和能从亲戚朋友手中借到的钱，觉得这是一个值得把握的机会。如果可以的话，她想让孩子去天津上学。不仅仅是考虑到在天津高考可能会相对容易，更是看中了天津大城市的教育资源。虽然同样是参加高考,学生们的学习状态却完全不一样:她听孩子正读家里的高三的同事说,高三的孩子们每天上课到九点五十,晚上回家还有一堆作业,十二点之前基本不能睡觉,第二天六点多又要起床上早课。这种作息在她看来完全不合理。学生们为了抢夺少得可怜的好大学名额,起早贪黑过这种苦日子。几年下来,虽说是考上了好大学,孩子的身体却熬坏了,得不偿失。而对于天津的学生来说,竞争相对没那么激烈,学校偏重素质教育,高三教学也更加科学合理,"学习娱乐两不误"。

蓝印政策要求学生至少要在天津连续上满三年高中,才能在天津高考。也就是说,从中考开始就应该在天津考。她又考虑到,为了孩子能够适应天津的中考模式,至少要去天津读一年初三。她盘算下来,初二,现在正是把孩子送到天津上学最好的机会。

她立即向家里人表达把女儿送去天津上学的想法,遭到了意料之中的反对。她的丈夫向来不理解她对孩子的教育近乎偏执的态度:"孩子才十五岁,自己一人在外地上学能否适应?现在家里费这么大的精力送孩子出去上学,就真的对孩子好吗?"

但她坚持:"就当是早了几年去上大学。"她把可能的好处与弊端一一拿出来对比,和丈夫争论:"现在不是你想孩子的问题。如果这件事做成了,你知道这会对孩子未来的发展有多大的帮助吗?"

她终于还是说服了家人,虽然丈夫对这个决定还是颇有微词,但至少不再强烈反对。从做出决定,到动身前往天津办理蓝印,只用了九天时间。

三

2012年6月,她独身一人前往天津处理蓝印户口和孩子的学籍的问题,这是她第一次来到天津。六月的天津已经入夏,阳光毒辣地炙烤着,夏蝉在潮湿而又闷热的空气中叫个不停。她有轻微的紫外线过敏,为了防晒,她穿着长袖长裤,戴着一顶鸭舌帽;身后背着一个大大的双肩包,里面装满了各种户籍办理的文件和女儿的学籍证明。汗水把她额前的散发打湿成缕,她时不时抬起手背拭去汗水,在35摄氏度的气温中奔忙着。

拿到户口后,她先去了蓝印户口落户所在地的学校。初来天津她并不认路,于是直接打车,报上了学校地址。一路上,看着出租车渐渐驶出市中心的繁华地带,她开始微微皱眉。到了目的地,她开门下车,看着眼前这所学校,眉头皱出了一个"川"字:这里荒无人烟,学校楼房破旧。就算是在家里那个小城市,她都没见过这么"破"的学校。她甚至没走进这所学校的大门:带孩子来天津绝不是为了上这样的学校,上这样的学校,即使是迁了户籍又有什么意义?

没有料想来办理学籍的一开始就遇上了这样的阻碍。她回到宾馆,开始坐立不安,一路上奔波的疲惫也趁势一起涌了上来。她连换一身衣服都顾不上,直接靠在床上,给女儿打电话。

"喂?妈妈。"从女儿的声音响起的那一刻,她就不自觉地微微扬起嘴角。

"嗯,干什么呢?作业写完了吗?"

"写完了。妈妈事情办得怎么样,是不是后天就能回家了?"

她一顿，呼了一口气："宝贝，如果妈妈不能让你来天津上学了，你怎么想？"

女儿那边也顿了一下，似乎感受到了她的犹豫和失落。

"妈妈，我都可以的。不管是去天津，还是在家上学，我都可以的。如果天津那边办不好，我就在家里好好上学；如果办好了，我去那边上学也能照顾好自己。"

她听着女儿平静又略带稚嫩的声音，心中的不安尽数散去。她一直觉得女儿这种冷静、理性的性格是遗传了自己，而在这种时刻，又是女儿给了自己向前的勇气。她天生性格里就带着一股闯劲儿。大学毕业那年，她手握一本律师证，本想去广东打拼。但父亲坚决反对，给她找了一份相对稳定的工作，让她留在了这座小城。没有抓住当时的机会成为了她后半生的遗憾。她认为，如果当时坚持自我，现在的生活可能会有翻天覆地的变化。现在，她的人生已经尘埃落定，但女儿的人生却还充满机遇和挑战。她得拼尽全力帮女儿抓住机会。

她本来计划只在天津待两三天，把手续都办完就回家，但实际上待了一周。几天之内，她疯狂地打听，查找可以办理借读的学校。屡次碰壁，却又憋着一口气尝试新的学校。在各个学校中辗转了三天之后，她终于找到了一所合适的学校。

四

2012年九月末，初三开学一个月，她带着孩子再次来到天津。

因为先前已经历过一遍，所以这一次她变得从容，成为了女儿的依靠。女儿入学时，学校会安排一次入学考试，女儿对此有些担心："如果我考得不好怎么办？"

"没关系，"她悄悄跟女儿说，"妈妈已经谈妥了，这学校要你是肯定的了，入学考试只是个形式而已，是要让老师看看你是什么水平。"

她为女儿打理好生活上的大小事务。转眼间，国庆节假期过完了，她也该回去了。坐着回家的火车，她用手支着头，定定地看着窗外的景象快速闪过。

在她小时候，家里有四个孩子，却只有她一个人从小被送到姥姥家，不在母亲身边长大。她是知道的——那种感受，那种寄人篱下、看别人眼色的感觉。这让她十几岁回到母亲身边的时候，与母亲并不亲近。儿时的她在日记本里写道，以后就算是养十个孩子，也要把他们全都带在身边。而现在，她却主动让自己的女儿离开了她的身边。

但她的决定还是做得斩钉截铁。女儿已经15岁了，在她教育女儿的这15年中，她有自信已经让女儿形成了相对健全的人生观。在她看来，女儿是那么的独立、懂事。这次让女儿自己出去，反而是一种历练，同时，也给女儿提供更大的发展空间。

身边的人都说她狠心，孩子还那么小就让她离开家，一个人上学。而她又怎么能丝毫不受影响？刚从天津回家的那几天，她从108斤瘦到了90斤。她像从前一样正常上班、生活，像一个没事人，只不过是她从不把对孩子的思念向他人诉说。把孩子送到天津，本来是出于对孩子学习的考虑，为了给孩子更好的发展机会；但现在女儿真的离家后，她更多担心的还是孩子的身体、心理健康，哪还想到什么学习的事？亲戚、朋友总是评价她是一个雷厉风行的人。这些天里，她理性地查了无数的资料，咨询了无数的人，似乎做出了"最好的选择"。但送走孩子后的几个月里，她还是几次半夜从梦中惊醒，梦的内容无一例外，都是女儿。自从这次送孩子出去的分歧后，她和丈夫的关系变得越来越差。但她也顾不上了，心里只想着孩子，她只有女儿作为依靠了。

她向来对女儿充满信心，而第一次考试的结果又给了她一个巨大的惊喜——女儿一去就考了个年级第一，这对于女儿和她来讲都是一次莫大的鼓励。女儿刚到天津的时候每天晚上都会和她打电话，会跟她讲琐碎的学习日常，而她也乐于倾听。后来，孩子也渐渐习惯了新学校的学习生活，有了新的朋友，不再频繁地给她打电话。她也不缠着女儿，给女儿足够的空间，缩回自己平凡的生活中去。

五

一年的时间很快过去了。2013年6月，是女儿中考的日子。她本想请假去天津"陪考"，但孩子觉得不必这样大费周章。"是啊，"她想，"其实我也确实帮不了什么。"

中考的那几天，她每天都会给女儿打电话，但又刻意控制通话时间，没说两句就问："你是不是要回去看书了？我有没有打扰到你？"她对考试只字不提，反倒是女儿察觉出母亲的异常，笑问她怎么不问考得怎么样。她只是回，"没事，考得好不好都没事。"

七月份中考出了成绩，女儿考得不错，算是正常发挥。考到了天津市排名前三的高中。

而后，女儿上了高中。经过了令人煎熬的头一年，她也逐渐习惯了假期和女儿在一起，开学就分别的生活。她开始对女儿实施"放养"政策了："养孩子就像是放风筝一样，线不能收得太紧。"她理解孩子也会有自己的生活，选择尽量不打扰孩子。有的时候她给女儿打电话，孩子明显兴致不高，有些敷衍地"嗯，嗯"答着。她也不气，就是简单问问。几乎是有些小心翼翼地控制着与女儿的距离。

有一天，女儿跟她谈到，说她以后也想从事法律相关职业。当天回到家里，她勾着嘴角对着自己书架上的法律书籍看了好半天。人生没有对照组，她没法站在上帝视角评判她为女儿做出的决定。但在女儿独自外出上学的这几年，她在女儿身上看到了明显的变化。女儿变得更加成熟，更加独立自主，而这些是女儿独自在外磨砺的几年时光所赠予她最好的礼物。

她的生活被女儿切割成不同阶段。自女儿出生，她生命线上最重要的标记都与女儿有关。小升初、中考、高考，女儿生命中的每一个节点对她而言都无比重要。她挣扎着，努力要给女儿最好的。所以她始终高度警惕，不想放过任何一次对女儿可能有益的机会，费尽心思，企图寻找"捷径"。不论如何，她是勇敢的那一个，六年下来，也算是磕磕绊绊地走出了一条不同寻常的路。

她为女儿选择了另一条路，绕了个圈子，最后仍将与其他人在高考的十字路口汇合。只是在这之后的路，只能由女儿一个人走完了——因为说白了，她也只是一个小城市里的小人物罢了。女儿未来肯定会向更大的空间发展，而她也再没有什么资金、大城市的人脉可以帮助女儿了。她就像是一个火箭助推器一样，女儿的高中时期是她能助推的最后一程。她拼尽全力，在耗尽最后一点能量之后，随即消失在茫茫宇宙，最终，重新回落到她那平凡的、几乎一成不变的生活中，感受着女儿来自远方的微弱信号。

（文中人名均为化名）

（文/范熙唯）

虎门二十五年

"是个女孩！"李宗匆匆地从内衣店赶到医院，刚好遇到从产房出来的护士。1998年，他的二女儿李霞出生了。

这一年，虎门时装鼎盛，他的内衣厂也迎来了鼎盛时代。最夸张的时候是年末，接不过来的电话，订单如雪花般飞来。李宗刚拉一车内衣到店里，十几分钟，就被哄抢一空。再拖一车，又没了。有的人等不及了，直接电话预定。车才刚驶出工厂的大门，就改变原计划的路线，直接拐向客户所给的地址。

那时候，人们只知道"富万"这个虎门数一数二的老牌内衣店，却不知道这只是李宗下的第一步大棋。

"那个时代和我"

李宗喜欢把20世纪90年代称为"那个年代"，对他来说，如果没有"那个年代",就绝对没有现在的他。当然,没有企业家的才能也不行。

那时正值改革开放初期,仿佛随便一抓就是一个商机。那个年代,店铺还很少,没有手机,电视也还是黑白的,大多数的人们还在种田种地,过着田园生活。放眼望去,都是小平房,高楼大厦屈指可数。李宗还记得,他在新湾、北栅等虎门郊区经常看到村民穿着打补丁的裤子。不大的裤子上缝着好几块不同颜色的布。"物质缺乏,但只要有胆量,不需要太多的智慧,也有很多赚钱的机会。"这是李宗对"那个年代"的总结。

他就是其中一个有胆量的人。"我要出去做生意"这个念头始终在李宗的脑海里,挥之不去。几个哥哥姐姐接连着外出打工,李宗再也无法静心学习了。他决定到虎门去,去投奔他当兵的哥哥。

16岁的他开始在虎门打拼。最开始的时候,他骑摩托车拉客。同行常常比他大许多,然而他却毫不生疏,熟练地像个老手,吆喝声比谁都大。客人一上车,他手一旋,踩下油门,呼的一声,车呼啸而去,不留踪影。

他从来不觉得自己是个未成年人,那只是一个外壳。在这摩托车载客的一年多,他一直在观察。有时是和客人聊天,有时就静静地站在大街上,倚着一堵墙,看形形色色的人从眼前走过,有时是在街道中穿梭,看看别人的店铺在卖些什么。一到晚上,他最喜欢逛灯光夜市,那里最为热闹。

1979年,在东莞、深圳等地,企业如雨后春笋般纷纷冒了出来,"港资""台资"等字眼遍布大街小巷。与此同时,很多外地人顺着潮流纷纷来到虎门打工。过了下班时间，夜市里熙熙攘攘。李宗看到了这一切，回到家里就开始谋划着用几千块的积蓄做生意。他也开始在灯光夜市摆摊，卖小家电、小针织用品等等。从街头到街尾都是摆摊的，十分繁华。平日里李宗推着车拉货，一车货就可以卖几百块钱。"那时候一般的工人一个月的工资才300元到350元，而我一天就可以赚两三百块。"提到这里，李宗不无自豪。

白天摩托车载客，晚上夜市摆摊的日子持续了两年。他开始尝试其他的机会。他开了个档口，贩卖镜子、梳子之类的小百货。"要钓就钓大鱼。"隔壁档口从富民商城拿货，利润少，款式有限。"从广州拿货！"这个念头突然闪现。从此，他从广州拿货，在虎门与广州间来回奔波。15%-20%的利润，这是之前远远不及的。2000年，贸易越做越大，内衣产业成为其重点。他不再做批发了，他越游越上，从厂家直接拿货，交给批发的人。

与此同时，1999年，他建了个"小别墅"，并在一年后把房子改造成幼儿园。这六层半的楼房，是他从事教育产业的起点。

鼎盛

2013年，李宗的几十家内衣连锁店开在虎门的大街小巷。几乎无人不知晓"富万内衣店"这五个字。

而李宗最开始创办的内衣批发店更是受到很多批发商的青睐。据店员描述，每天不仅仅有很多当地人拿货，还有好几个外国人带着翻译慕名而来。内衣既内销，也做外贸，与多个外贸公司保持稳定的合作。

当时的虎门是个大池塘,里面都是肥硕的鱼。他在池塘边盯着这些游来游去的鱼,伺机而动,最终网住了"内衣"和"教育"这两条鱼。

继 1999 年创办的第一所幼儿园后,在 2013 年,他又建了一家幼儿园。此后,在 2018 年,他收购了一家大型的幼儿园——大大幼儿园。同时,他创办了一个早教中心,加盟了杨梅红美术机构。

他两头抓,一手做教育,一手做内衣。其间,他也不忘观望,寻找别的新兴商机。

伴随着事业顺利而来的,是名誉。他的企业被授予"十佳连锁经营企业""广东省守合同重信用企业"等称号,中国民办教育协会、广东省连锁经营协会也请他入会。

一切都那么顺风顺水。李宗始终认为他没有遇到过大波大折,就算遇到了投资保本、投资失败等状况,他都觉得"只是交了点学费",不叫失败。这些挫折仿佛是他走过的水泥路上的小石块,他踏上去,从而更好地跳起。他始终觉得这些挫折不算什么,别人经历的困难更多,但他们也能坚持下去。

不断地自我验证

随着事业越做越大,李宗肩上的压力和责任也越来越大。

现在他手下大概有六百名员工。虽然有时候很难,但每次自我验证成功的满足感让他觉得一切都值得,给了他一股劲继续冲下去。

他总在自我验证的路上,享受着验证成功的快感。他渴望赢。

在这条长长的创业之路上,有嘲讽声,也有否定声,但他只听自己的声音。"我有我的想法。"他会记下这些异样的声音,并以他的方式对这些声音进行反击。

刚做批发的时候,他去广州拿货。原来的档口价格高,服务差。他选择到另一个档口拿货,原来的档口主恼羞成怒,茶杯带着水直接往他的身上砸。伴着一声闷响,淡黄色液体在他后背的衣裳晕开。他感到被羞辱了。"本来我可以回去跟他吵,但没必要跟他斗,我肯定会强于他百倍。"他觉得那个人做不久。果不其然,久而久之,那个人生意难以继续,最后店面倒闭。而端坐在茶几一边的李宗已经是一个集团的董事长。他喜欢用事实说话,用实力碾压。这是无声的嘲讽,也是一种极大的满足感。

"你傻啊?在这里做什么批发?你是不是白痴啊?"过了二十多年,他还记得那个本地人说这些话时嘲讽的语气和看笑话的模样。

那是在1995年。在做批发的时候,他不想局限于富民商贸城。店铺是规定规模的,早上十点开业,晚上六点准时关门。他觉得这束缚了他。

"要做就做大!"

当时的富民商贸城是做贸易的人首选之地,人来人往。而他偏不在里面开店,选择了离富民比较远的一个店铺,与富民隔了一条河。他的店看得见富民,富民看得到他的店,他们隔着河对望,这就够了。店铺敞亮,租金便宜。他的店就在这条全是仓库的街开张了。

很多人都不理解他。在附近管仓库的本地人在知道他打算在这里做批发的时候,开始恶语相向,操着本地话不屑地跟他说,"这里怎么可以做贸易?你就等着倒闭吧!"等着看他的笑话。

他所说的事情并没有发生,恰恰相反,凭借价格的优势和丰富的款式,这家店在仓库中"茁壮成长",直接把富民的生意抢了过来。店铺开张后,商人都往他的店跑。门店热闹到整条街都堵车——大家都赶来拿货。

"他就服我了。"李宗回忆起来不无满足,这是又一次的成功验证。"我的选址方法不同,我有我的商业模式,我有我的想法"。

天秤往哪偏?

"叮叮叮……"六点钟的闹钟响了,他该起床送儿子上学,然后去公司。

天秤应该偏向家庭还是事业?这几乎是所有企业家都会遇到的一个两难选择,而在李宗眼里,答案毋庸置疑。

几乎每天中午,他都回家吃饭,然后睡个午觉再去上班。

有时候,客户十二点钟的时候来了,他就叫他的经理或者总监去应酬。他选择回家,然后睡午觉。如果陪客户吃一顿饭,肯定有益于和生意伙伴的关系。李宗是十分清楚这点的,但倘若需要牺牲本已十分短暂的陪伴家庭的时间,他宁愿不要这个生意。"我说不行,很直接地跟他说,我有这个习惯,我要回家陪老人家吃饭,吃完饭再睡一觉,然后下午继续上班,所以就不跟他吃,他听了后也理解。不理解的话，这个人也没必要深交。"

无论再忙，他都会带上自己两个儿子、三个女儿和自己的妻子一起假期旅游，他们走遍了祖国的大半江山，西北、西南、东南、中部都有他轮胎轧过的痕迹。

家里冰箱还存着几袋牛肉丸，是请人从五华捎过来的。

除了自己家的事情，他还在意家乡。家乡是他心底最柔软的地方。每每讲到家乡，他的表情都温和了几分。他是地地道道的五华人，根在五华，一年定要回去看几次，他计划老了之后就回去养老。

虽然他已经能熟练地讲出虎门话，但他还是一个不折不扣的梅州五华人，心系五华。从他的女儿李霞记事开始，她就知道他的爸爸一直向老家捐钱，无论是修公路、修小学还是寺庙。直至现在，家里的车库还放着几面锦旗，是五华教育局的人亲自送来的。

对于自己事业这方面的分值，他打得不高，他觉得自己在这方面是有缺陷的，没那么成功。又要顾家，又要顾事业，两者都要兼顾实在很难。他在不断地平衡，有时候丢一下事业，要一下家；有时候要一下事业，丢一下家。但绝大部分情况是，为了家庭，他在不断地丢事业。但他心甘情愿。

李宗直言："如果我要很成功的话，我就天天去跟别人吃吃喝喝，会有更多的机会，但我不干。要这杯酒喝了，这生意才有得做的话，我不做。"

他没忘记，事业上的成功与否并不是他最终的目的。

艰难

高三那年，李霞时常能听到六楼的书房在一二点时仍发出声响，但她假装不知道，不想让李宗担心。

这是他们家最困难的一段时间。公司资金链出了几个漏洞，资金运转困难。企业转型也给他们带来了巨大的压力。

像往常一样，李宗在白天询问孩子们的学习情况，然而，一到夜晚，他的面具被摘掉，焦虑、压力直直地向他袭来。黑夜中，闭上眼，并没有表面上的平和，他的大脑仍是紧绷的，感受到太阳穴时时突突地跳。

他总是失眠，有时他会选择去六楼的书房，在昏黄的灯光下搜索各种资料，两三点才踩着拖鞋哒哒地回到寝室，一天只睡两三个小时。

事情并没有他之前所说的那么"顺风顺水"。

21世纪初，正是虎门服装繁荣的时期，每年都会举办服装交易会，据从小住在虎门的张玲回忆，每次服装交易会都举办得特别盛大，经常会请很多明星过来办演唱会。张玲也说不清楚为什么这十几年过去后，虎门服装交易人流量越来越少，其他镇的人赶来虎门买新衣过年的盛况也逐渐成为过去。

原本内衣批发店门口那条街人满为患，周围的批发店得起早摸黑，接待数不清的客人。而如今街上只剩几个稀疏的行人，店里的货物少了，店员也少了。招牌在岁月的洗刷下逐渐黯淡，蒙上一层厚厚的灰。

"富万"内衣连锁店在 2013 年兴起,然而,在三年内,皆因经营不善相继倒闭,只余最老的内衣批发店。他们的贸易重心也逐渐转移到外贸。辉煌似乎已经成为过去。

"转型",这是 2015 年对于李宗来说最重要的一个词。当家里其他人固守着过去的方法的时候,李宗执意要变。在这时代的洪流中,要么被淹没,要么逆流而上。李宗看到太多"被淹没"的企业了。"生意越来越难做了。"李宗感慨道。

为了调整自己的企业,李宗费了很大的周折。他有房地产、内衣贸易、教育等产业,几条线如何统一地调度起来?供应商、团队、客户都在改变,上游、下游都在变,如何顺势而变?李宗承认,这个过程是十分痛苦的。

最终,在无数个不眠的夜晚后,他和他的企业熬过去了。房地产、内衣贸易、教育等产业不再是独立的,他们以集团的形象再次进入到人们的视线。走"全渠道、轻资产"的道路,结合互联网,线上线下、零售批发、国内国外贸易几条路一起走。"原来是重资产,现在是重资源的联结。"如今,道路基本调整好了,交由他的团队去运营。他可以稍微放一下手了,稍微喘一口气了。

"抱团发展"是李宗这两年经商的关键词。当下,信息、物流发展迅速,信息透明度更高,一起都很通透。所有的"不知道"都能在几声键盘声后化为乌有。在这个时代,竞争更加地残酷,快鱼吃慢鱼。企业比资本、比人脉。李宗在时代的激流中,也越游越快,他不愿被"吃"。他一发现这个变化就开始寻找当年选择创业的朋友们,以求抱团发展,共享金融等信息,合作共赢。"一个人做的话,很难做下去。"

回顾这二十五年,李宗心中还是有些遗憾的。一手抓教育,一手抓内衣百货,偶尔又腾出一只手抓房地产。经历了这么多,他觉得人一辈子专心做好一件事就可以了。这么多产业时常让他力不从心,所以他打算逐渐退出地产、内衣的板块,主要做教育——办中小学、职业院校,甚至是创造整个教育生态。他不知道自己能不能做到,但他想试试。

"壶小有天地,茶清无是非。"这对对联挂在李宗的书房,只要他一抬头,就能看到。他很喜欢这句话,也是这么践行的。二十五年来,他都这么坦坦荡荡。"值得信赖",是很多朋友对他的评价,李宗感到很满足。

阳台外,李宗抽着烟,眺望远方——虎门最繁华的地段,陷入了沉默。不远处,一辆高铁疾驰而过。

二十五年以来,他的事业随着虎门经济沉浮,经历过繁盛,也经历过衰落时期、最艰难的转型时期,但他都一一坚持过来了。现在,他的集团已经逐渐地步入正轨,各个流程分工明确,资源得到最大程度的整合。他可以慢慢放手了。

如今,虎门也在逐渐变化自己的面孔,"服装"再也不是唯一的招牌。滨海大道直通南北,"十五分钟医疗服务圈"已经形成,"一镇两高铁"变为现实,各种商贸城拔地而起。虎门,正在涅槃中重生。

(文中人物均为化名。)

(文/罗曼)

小镇的家具厂

"咔",送走最后来收废品的小卡车,马志安锁上了工厂灰蓝色的铁栏门,门上的那块木牌上还有红纸被撕去的痕迹。他想起2000年装上这门时,也是自己上的锁,挂上贴着写有厂名的红纸木牌作为工厂的简易招牌,显示着这里是自己的工厂。十五年来钥匙也总是别在皮带上,可过几日,他就要把钥匙亲手交给另一个人了。

当时挂上锁时他怀着无限的期盼和忐忑,如今上锁,他的心头更多是迷茫。

"金凤蛋"里孵化的梦

1987年,新华社一篇《广东跃起四小虎》的报道赋予顺德一个与"亚洲四小龙"相对应的名字——"广东四小虎",曾经的桑基鱼塘在改革开放的大潮中变成一座座简易的厂房,开启了不一样的

"顺德模式"，曾因似是凤凰的山而被称为凤城的顺德在那时也被冠以"金凤"之名。可这些美誉都似乎离相对偏离顺德发展中心的乐从镇很远，这个以农业和家庭服装作坊为主的小镇发展相对滞后，更多被人称为"一只孵化中的金凤蛋"，而在其中其实早就有第一批破"蛋壳"的人，他们把目光投向家具制造行业。

1988年，15岁的马志安刚刚初中毕业，他进入乐从仅有几家的木制家具厂里工作，在当时的乐从，这还属于是一份较之泥水工更为体面和轻松的工作，他也从此开始了在家具行业长达二十七年的打拼。从学徒，管工，再到厂长，他走了十二年，每天起早贪黑，"当时工资都是计件的，没有基本工资，反正每天很早起床也很无聊，还不如早点去厂里干活赚多点钱，那时工作不够还会分派，所以也会害怕没事情干，大家都是抢活干的。"从最简单的工序做起，一步一个脚印，在长久的摸索中他对家具生产的流程和工厂经营的模式有了充分的了解，至今也还能脱口就说出做学徒时学习裁的木板的详细尺寸。

从懵懵懂懂做起，他并不知道这条路能走多远，"一开始进厂的时候，每个人都不会觉得自己能真正做起来，因为（开厂）需要很大一笔启动资金，当时也只是想着先有三餐温饱再想其他，这是一个很遥远的目标"。但他一直在心底默默想着要出来闯一闯，他问自己："难道就只是看着别人赚钱吗？"

当时看来创业开厂这个有点远不可及的梦，对今日的他来说，似乎是很简单的，"只要有地有资金，拉上叔伯兄弟或者朋友，搭个棚，写个招聘启事就好。"其实他也是在工作过程中认识越来越多的人,才知道可以通过借钱或者合伙开家具厂。马志安开厂来源于一个偶然的机会:1999年,一个亲戚买下一块地皮建厂,跟他商量着让他把后面的鱼塘买下来填沙建厂,以免以后被别人买下来后,厂房紧挨容易产生摩擦又不好沟通。彼时已经成家的马志安和妻子梁昕可马上抓住这个机会,东拼西凑出了五十多万作为开业资本,他也从原来的工厂辞职,一心投入建厂,妻子则仍在五金店卖配件,支撑家用。用了大半年的时间,鱼塘变成一座刷了白灰的三栋楼房和砖混结构的单层厂房,还添置了许多机器,资金所剩无几。为了能尽快投入生产,马志安决定先从最容易入手,需要的机械少且出货快的茶几开始。

2000年,在鞭炮声中,这间有十几个工人,占地四亩的小工厂开始投入生产。他们给家具厂的名字取意于"骏马腾飞"与"和气生财",既蕴含自己的名字,又表达了深深的期望。

初起,步入正轨后的阵痛

那一年,马志安迎来了第二个孩子的出生,这本是令人艳羡的事,但在他看来,更多是责任和压力。妻子在生产后,也辞掉原来的工作,和他一起开启这个"开厂梦"。与马志安一步步通过工作入行不同,梁昕可家族中的长辈和兄弟都有合伙经营家具厂,十五岁开始,她每晚下班后还会帮父亲的家具厂缝制沙发座包,虽从未真正踏足家具制造行业,但耳濡目染之中她也算是"半入行",她所代表的其实是另一类在人脉资源上占有较大优势的"开厂者"。

厂房生产已经具备,但生产产品还需要销售渠道。此前,乐从的服装销售需要运到广州沙河服装批发市场,但伴随着家具制造业规模不断扩大,乐从家具城初成雏形,虽然那时仍与如今延绵十余里的"家具长廊"相差甚远。对于刚刚起步的马志安来说,租店铺对于积累客源是十分必要的,但资金实在不足,梁昕可的哥哥看在自家人的份上,将自己店铺中间大约三四十方位置以一手原价租给了他们,而且把店内的销售也"借"他们一用,让他们暂时无需承担多一份人工。这样的"抱团取暖",在这个小镇很常见,亲戚朋友之间的互相帮助扶持,有钱借钱,有力出力,使得乐从家具制造业的规模越做越大,但同样也给后来许多工厂带来了"连带"债务拖累的风险。

马志安在工厂里除了管理工人生产,还要兼任司机送货,有时还会联系以前认识的客人,问问他们需不需要木制茶几,给他们免费寄产品。在他看来,开设门市属于"被动等待",做生意需要"主动出击","这些客人并没看过货物,完全凭着信任我这个人的人品才接受的货,自己也是想着搏一下运气,发上去有人帮忙摆着卖的话,等于多了一个机会,"这种主动出击,像是试探,也更像是心理安慰,"当时虽然要等客人卖出去了才有钱,但是我做了货物出来起码还有机会送出去,不用囤在仓库,至于能不能收到钱是后来的事情了。"

"一开始没固定客源肯定是亏损的,工资水电杂费还是要给,就看你能不能守下去了",守到了2001年,家具厂迎来了第一个"大客户"——一位来自山西的商人,他每个月平均会拿一千多张木茶几,每张茶几可以积累几十块的毛利,让他们在持续一年多的坚守之中第一次感受到了创业的成就感,"拿的比较多的客人自然会压价,虽然利润空间被压缩,但还是会卖,当时只想着有人买就卖出去吧,货如轮转,抱着'山大起码有柴烧'的心态,只有这样才能让资金更加松动,才能继续做下去。"马志安现在的普通话仍混杂着山西、河南和广东的方言口音,这与这个来自山西的客户和后来来自河南的"大客户"有关,在长久的合作中,他就这样从客户的表达中一点点摸索学习普通话。

固定的客源给初起的小工厂带来了平稳的发展,可以逐渐搬到了一个更大的铺面,工厂也增加到二十几个员工,建厂所借的钱可以逐步还了,但这样的稳定并没有持续很久,第一次阵痛就来了。为了能给客人及时大量供货,工厂会囤货。可茶几款式更新换代十分迅速,大半年后,玻璃茶几兴起,木茶几就过时了,"当时门市那边已经开始流行玻璃茶几,没什么人会买木茶几了,但内陆省份更新比较慢,还会买木茶几,所以他一不拿,还要退货,那囤积的三千张茶几只能当废品贱卖。"一下子,这个刚刚步入正轨的工厂就面临着近三十万的亏损。

拼搏,危机中见巅峰

转产,是他们在家具厂巨大亏损面前做出的决定。

2002年,工厂最开始转产玻璃茶几。中国刚刚加入世贸组织不久,家具城开始迎来了外国商人,他们首先看中的便是这些玻璃茶几，亏损之下的工厂在此刻获得喘息的机会。几个月后，短暂的玻璃茶几红利期过去，马志安又尝试转产其他类型的茶几，但始终都没有固定下来。

在一次日常打麻将消遣中，生产沙发扶手的堂弟无意提及某个厂家每次都会买很多某种扶手，可能那个款式很好卖，为转产苦恼许久的马志安马上抓住这个信息，他留心观察了一下，发现果然如此。他马上在堂弟的工厂买了些扶手，打算试一下，但因为自身品牌的知名度较低，就算有价格优势，许多客户都对他们没有什么信心，可正如马志安所言，很多时候是机遇成就了他，"正好有一个河南的客商在当地的家具城里看到别人的这个款式好卖，他便来乐从进货，但是那个工厂不卖给他，因为不想在同一个销售场地给自己培养竞争对手，所以他就跑过来我们那里看。"

十多年过去，马志安至今印象最深刻的还是第一次应这位河南客商要求，带他进工厂参观。当时马志安只有一辆货车，但车代表了工厂的面子，用货车载客人进厂可能会让别人会觉得实力不足，所以马志安还是去问亲戚借的小汽车。"正好靠近路边的厂在建，他还问我们的厂是不是新建的，我说那是我们生意太好不够地方生产，扩建而已，其实是之前没有钱建，那个时候都是'看菜吃饭'——有多少钱就做多少事情，赚到钱才慢慢建一点。"回忆起当时的片段，马志安还是笑声朗朗。2004 年，这个河南客商的到来，给工厂带来了复苏的希望，马志安夫妻二人也逐渐还清几年来工厂的贷款，拥有了属于自己的第一辆车和第一套房子。

马志安身上带着明显的粤商特色，他们更看重把买卖培养成双赢的关系。"他（河南客商）所有的货都来自我们的家具厂，我们给他的价钱也比其他所有人都要低，当时还跟他商量说给他河南的专卖点，不给他培养竞争对手，所以他跟我们合作了十几年，最后赚得比我们还多，到现在他都把厂交给了儿子儿媳继续做下去。"马志安的言语中，其实更多的是苦涩和怅然，但他也不会忘记，2008年的金融风暴席卷制造业，许多工厂纷纷倒闭，身边许多亲戚朋友破产失业，而自己的工厂之所以能躲过一劫，少不了这个客人的支持。即便到最后关闭工厂因为收尾款问题争执不下时，双方也没有撕破脸皮，还留有一线做朋友的机会。

同样，马志安还把劳动双方的关系看作是互利的交心的关系，"把他们当成是和自己一起工作的伙伴，不能敲诈他们，让大家都能赚到钱，双方都互利才能持久。"赏罚分明，要让工人感受到重视和关心，是他一直看重的，因此在炎热的夏天，会有绿豆沙或水果；请晚下班的工人吃饭；在加班的时候会坚持在场……在这个完全没有受过任何专业管理知识教育和培训，仅依靠以往的工作经验进行管理的经营者身上，看到了现代管理模式较为成熟的企业雏形。

虽初具成熟的企业管理雏形，但小工厂的格局仍旧被限制。通常小工厂更注重数量的生产，在款式设计方面，并不会选择成本过高的聘请专门设计师的方式，所以在当时主要以小工厂为主的乐从家具制造业，款式的生产基本都是工厂之间的互相"借鉴"，马志安介绍道："都是找生产师傅去看看别人的款式，家具城那么大，看哪些好卖就学一下，改一下，想一些自己的款式出来，整个家居城都这样的，大家都是互相模仿的。"有一次，马志安在当时去隔壁镇参考了一个新款，自己稍加修改材料和配色，阴差阳错之间就"击中"了一批让马志安意想不到的来自尼日利亚的客人，也是他们的到来让工厂在全球金融风暴中"稳住身形"，甚至把工厂的发展推向最巅峰的三年。那时整个工业城的生产仍是马不停蹄，用电量极大，电网常常要调配用电，白天工厂的发电机嗡嗡震响，每周也总有几日要连夜加班赶工，夫妇二人总是回家很晚，没有时间买菜和做饭，因此他们的两个孩子对那段时间的回忆，更多是关于那家几乎每晚都会关顾的猪杂粥店的。"当时想着自己还有很长的路去走，想着做到自己的孩子出来接手。"所以马志安在暑假把孩子带去工厂捡配件，去门市帮忙看铺，希望她们也像当年的他一样，从最基本的做起，渐渐走进这个行业。而习惯于走一步看一步的他，一切以生意为先，也没再想过如何借此机会将自己产业深入扩大。

"那个河南客商当时说跟我们合作起码还有十年可以做下去，我们还说这些款式怎么能做十年呢？"那时的马志安还不知道，这个十年，一语成谶。

衰落，挣扎生存后不舍停留

2011年，原本开始复苏全球经济步伐放缓，进而重击了全球贸易行业，这个小镇的家具制造行业也陷入了"泥潭"。挣扎，成为马志安工厂最后四年的关键词。

汇率波动，进货成本的提高，使得这些尼日利亚商人订货电话和电子邮件越来越少，工厂的产值迅速下降。而在马志安看来，更重要的原因在于语言的不通使得他们缺失了跟客户沟通的机会,他说:"许多尼日利亚商人同时进货,卖了几年市场就会饱和了,而且互相价格恶性竞争,利润压缩得很厉害,最后干脆大家都不卖了。我们也不会英文,不知道他们是不是在同一个地方卖,如果可以像和河南客商那样直接沟通,我们可以控制某个区域只给某个人,合作也可以更加长久。"在过去的几年中,他们学会了使用电脑制作"唛头"——跨洋贸易中用于辨别货物的标志,学会了依靠电子邮件和翻译软件与客户沟通,他们也曾想过学英文,但基础不足,忙于工厂和家庭之间的他们分身不暇,而且依靠最基本的"Yes""No""How much",也可以达成交易,权衡之下最终还是放弃了对英语的学习。

本来经营工厂对于马志安来说就是压力巨大,"晚上我们的手机是不会关机的,随时都可以打通",他们担心一场火灾会将连片的厂房付诸一炬,担心工人们出什么事情,至今还留有一听见笛声就会不自觉探头观望车子去向何处的习惯。尤其在最后那几年瓶颈时期,他和妻子常常彻夜长谈如何挽回亏损,睡眠质量一贯不佳的他更是失眠严重,他的女儿曾经在作文中描写过:半夜醒来去洗手间的时候,总能看见客厅沙发上,电视里足球场上草坪发出绿色光芒散落在父亲侧躺的身上,他也总是能发现我,总是用疲倦的声音跟我说:"快回去再睡一会吧"。马志安说,这就是很真实的。加之国家对劳动法的多次修改,像马志安这些小工厂更是担心工人出什么情况,好我并没有遇到这种事情,但一路走过来,心理压力都很大"。

同时，国内经济飞速发展开始对经济质量提出了更高的要求，这些在简易厂房中粗犷式生产的小工厂的生存空间逐渐被压缩，地方政府推出"三旧改造"，开始整顿这些小工厂，严抓环保问题，"政府开始要以商贸为主，打造商贸重镇，各地都迁厂房"，低产值，高成本，寸步难行，原本"想着做厂能做一日是一日"的马志安夫妇逐渐心灰意冷，最终还是和身边的很多人一样，选择退出这个家具工业城。

2015年的正月，工业区中偶有鞭炮声稀疏传来，那是当地工厂每年开工的习俗。马志安看着地面上吹进了隔壁厂还未来得及清扫的鞭炮纸，静默了一会，拿起扫帚扫掉。2014年年尾，他已经把工人的工资结清了，此时坐在办公室的他，在等着三个分管工厂主要生产链的管工。年前，他想到了一个改革计划来挽回工厂亏损的局面，"我想跟那些工人做成股份制，他们以技术入股，我们以资金入股，他们负责控制成本，我们负责进材料和寻找客源。"这个在改革开放早期就被提出的机制改革方案，在此时才真正走进他的脑海中，在他看来，实行股份制是大规模企业的模式，对于一个小微企业而言是难以想象的，而且继承父辈"独大"的经营思想，开属于自己的工厂，自己做老板是这个商镇里许多人的执念，股份制的形式则更像"分享"了自己的工厂。

但这是他针对在两年连续亏损下找到的原因——无法控制工厂的运作成本才提出的想法，放春节假前跟三个管工提过后，他希望能与他们再谈一谈。可同样深知厂里局面的工人们顾虑着其中的风险，他们担心能否得到多于保底工资的回报，最终他们没有谈拢，而彼时想着工厂出租的市场还不错的马志安也就此作罢。后来他留意到自己曾经的工人在别的工厂做不下去的时候，也走一样的改革，对于这个不知对错的决定，他一直念念不忘，"我现在也很后悔，为什么不多找几个，可能也是没有什么做下去的心情了。"

这些身处洪流之中的小工厂老板，不经意之间已被时代所裹挟，亦步亦趋跟随淘汰的浪潮冲上沙滩。"做了那么多年，一手创立的东西，就像自己的孩子，也是有感情的，自己也很舍不得，迫不得已要折叠起来，一下子失去了寄托的东西，要停下来了。"马志安夫妇十五年的"开厂梦"伴随着机器运作的停止，也被摁下了暂停键。

未来，迷茫的中年忧万事

马志安跟女儿关于马云到底使更多人失业还是就业的问题仍旧是争执不休，"马云他让更多人失业了！你看你们整天淘宝网购，线下的都活不下去了。"女儿给他举例电商、快递运输都带来了很多就业机会，他反驳："难道像我们四十多岁的人，还要去做这些事情吗？"最后他喃喃道："到底是变化太快了。"

20世纪70年代的他们走向社会的时候恰逢改革开放的热潮，拼搏成为他们人生中最为关键的词语，"我们这代人属于开创新时代、拼搏的一代，那个年代，只要肯出来拼搏，就有改变的机会，当时社会的氛围就是读书无所谓，最主要是出来工作赚钱，很多人小学没毕业就开始出来工作，也可以补贴家用。"而人到中年，步入40岁后，他们，迎来了另一个新时代，在自己孩子的指导下学会使用智能手机上的各种软件，网络电商对崇尚实体购物的他们更是带来更大的冲击，"感觉自己被一个时代淘汰的人一样"。

关闭工厂到现在，已经四年了，厂房断断续续被租出去好几次。张志安和梁昕可称自己还是一个自由职业者，家具厂的占据了他们人生奋斗的前半段，剩下的半段就这样卡住了，"前路还在摸索，还很迷茫，还在寻找一个点，现在就是'做一天和尚撞一天钟'吧，一开始说给自己休息的机会，现在想起来觉得是给自己借口，自己想给自己安定的机会，现在变得越来越被淘汰，那个时候不应该给自己借口停留，可能斗志还会更强。"人到中年万事忧，张志安夫妇已经没有年轻时那么大胆了，"年轻的时候觉得自己输得起，父母也不需要顾及，现在一切重头再来，风险太大了，上有老下有少，不能输干净。"他有时有觉得自己的思维可能就这样被"框住"了，很想要有一个人告诉他，是否要改变这种思维。

或许可以通过他对于孩子们未来工作选择的态度变化一窥其如今的心境，"我们自己创业后就有点心灰意冷，不想要自己的孩子去面对这些，找一份安定的工作最好，固定收入挺好的。"但他也并不后悔当年的选择，"做什么都是很艰辛的，年轻还是拼搏一下，起码你能做到自己想做的事情，或者一不小心你也能实现自己想实现的东西。"

家具厂的更替一直在继续，马志安这一代在父辈的"试探"之中而生，羽翼丰满之时出走，淘汰父辈的家具厂，而到了如今，第一批老资历的外来务工人在他们的工厂中也同样获得生长，也是一样地出走，一样地淘汰。

属于粗犷式制造业的年代过去,这些小工厂的生存空间早已被压缩,"腾笼换鸟"之下,新的高端智能产业借助政府的扶持即将要填补这些小工厂退出后的空间。马志安只是小镇上一个创业者的缩影,还有上万个像他一般的小镇居民,或顺势淘汰,或仍在寻求最后的机会,成为最后的"胜利者",但昔日车水马龙的工业城,已经安静了许多,延绵十余里的家具城里的厂家和产品换了又换,乐从镇也早已破壳而出,成为集多行业市场于一处的重要商贸小镇,等待新一代"弄潮儿"的故事去延续这个小镇的繁荣。

(文中人名均为化名)

(文/马可晴)

39 岁，回到起点

晚上十点，一辆白色的别克沿着深海高速一路飞驰，驶入依旧热闹的华南快速。高速路旁黄色的灯光仍然显得有些昏暗，而小车的远光灯则破开了夜幕的黑色，打在了别克蓝色的车牌上。反着光的车牌上一个"陕"字格外显眼，让这辆显得有些老旧的别克与周围的小车区别开来。

驾驶座上是一个瘦削的中年男人，一日来工作的疲惫一股脑地写在了他的脸上，充满了汗渍的衣服上隐隐散发着一股麻辣烫的香味。他叫王国强，今年39岁。副驾驶坐着的是他的老婆，而后座则是这一趟回家路上搭上车的顺风车乘客，他们一起走过了这段从花都回到天河的路程。

"我有一次拉的是一个女生，她上车就基本上在我店边上，下车的地点离我们家也就一百来米远，那一单接得可舒服了。"王国强把顺风车司机当作了工作之余的乐趣，除了赚一点油费路费，更重要的是在深夜的这段路上找上几个旅伴。

顺风车司机大多是在回家或者上班路上做的兼职司机,王国强也不例外。现在的他在花都经营着三家门店,一家麻辣烫和两家服装化妆品店。作为一个西安人,他在广州也待了五年有余了。

王国强的车在华快上平稳地行驶着,车中时不时传来夫妇俩和后排乘客爽朗而轻松的笑声,隐隐为这一段旅程增添了几分色彩。这段并不漫长的高速路,可以说是王国强在广州每天走过最轻松的一段时间了。

创业的起源

2000年的春天,在同学的介绍下,经受了三次高考失利的王国强选择了参加成人自考。数理化成绩优异的他,很轻松就通过了自考,成了西安交通大学的一名大学生。

考上大学之后,王国强才发现自己几经周折成为的自考大学生,在毕业之后文凭很多单位并不看重。于是,还是大一新生的王国强找了一家四星级酒店餐厅打杂工。

王国强这第一份工作是老乡的朋友介绍的,这位朋友正好在四星级酒店里头当着大堂经理,便卖朋友几个人情招了几个年轻的大学生进来帮工。因为是酒店内招,并没有对外开放招聘,获得了岗位的王国强自然感到十分高兴。四星级酒店环境好,员工还包了五险一金,"那么干脆就在这儿干下去",20岁出头的王国强抱着这样的想法,开始了他人生中的第一份工作。

上大学前的王国强在读书之余便帮着家里做一点小生意，穷人的孩子早当家，来自农村的他也不例外。于是，自小卖力能干的王国强在酒店餐厅做出了一番成绩，短短三年，就从一个最基层的服务员升到了餐厅经理。而在酒店里打工的时候，王国强认识了他后来的妻子。

毕业那年，王国强已经在酒店餐厅打了三年的工，比起大多数同学而言，他已经有着丰富的工作经验了。于是，带着生活和家庭的压力，他选择了跳槽，到了另一家餐厅打工。

轻车熟路的王国强在餐厅里很快做到了店长的位置，就这么过了三年，孩子即将出生，他肩上的担子也更重了。经过再三思考，他发现自己很难在工作中更进一步。"找工作不行，当副总更不可能，只能自己创业了。"尝试无果后的王国强，终于做出了这样一个决定。他打算辞职。

第一桶金

应该做什么样的生意呢？带着这个问题，他在西安市区里来来回回逛了好几天，直到他走到西安四大名校之一的铁一中旁的一家文具精品店，紧闭的拉闸门上贴着一张旺铺招租的红色字条。

"那个时候两万块钱不够租金，还跟朋友借了一千块钱，连店加货全部一起接下来了。"王国强在与店主磋商之后，接下了这个店还有一屋子的文具。这个四十平方米的小店，成为了王国强创业的第一块问路石。

在接手这家店之前,他看过其他店里的产品,基本上都是新款的文具用品,而他接手的货物因为长期没有学生光顾,基本上剩下的都是些陈年老货。再加上王国强的店离学校的位置并不算很近,比起校门口的文具店来说几乎没有什么竞争力。于是在刚开始的时候,他做出了一个大胆的决定:"基本上就是赚一点点或者是不赚的情况下就处理,处理完就进一批货,慢慢地换。"即便如此,他的店里一天几乎卖不出多少文具,几十块几十块的卖,一天卖出去多少钱就拿着多少钱去进新的货继续卖。

就这样,过去了一个月的时间,日复一日地售货进货,让王国强店里的文具有了许多新款式,他的营业额也慢慢地提了上来,"从一天一百块钱卖到三百块钱"。王国强卖的文具利润差不多在40%左右,一天三百块钱的营业额让他一个月可以有近4000块钱的收入,这已经与他之前在餐厅工作的工资相差无几了。一个月的时间,王国强将一家濒死的精品店做到了三百块的营业额,这给他带来了极大的信心。

而就在第一个店做了差不多一个月后,王国强得知了有一家离学校更近的办公用品店准备转让。初期的成功让他有了更大的野心,他决定把这个已经做出了一定口碑的店盘出去,然后把地理位置更好的那个店拿下来。

原先的空店被王国强以两万三的价格转手卖了出去,然后花一万八买下了学校门口 25 平方米的空店还有一屋子的货架。

既然店已经盘下来了,经营就刻不容缓。一个晚上,他一个人把老店里头的货物全部拉到了校门旁的新店里,搬货、整理、上架,到了第二天中午放学的时候他已经开始营业了。创业之初的王国强浑身充满了干劲,过了十几天他彻底清完了原来的陈货,店里所卖的文具都变成了最新的款式。

因为之前的老板还给王国强留下了一台复印打印机,于是他也顺便做起了学校门口的第一项复印打印业务。"一千块钱我大概就可以赚个四百,一年就十几万了,就想着一天赚一千块钱就好了。"就这么过去了一年,这家在校门口的小店每天的营业额基本上固定在了一千块以上,渐渐红火的生意也让王国强有了真正意义上的第一桶金。

开辟新的产品

铁一中是碑林区顶尖的"贵族"中学,那儿的学生手头都比较阔绰,而且他们成绩好,家长也舍得为他们花钱。于是在校外经营着文具店的王国强,也时常看到学生们手中拿着手机、MP3、MP4,而来复印打印的学生也时常带着自己的小U盘,各式各样的电子产品们开始在孩子们的手上出现。

计算机专业出身的王国强嗅到了其中的商机,他毫不犹豫地进了一批电子产品,MP3、MP4、MP5、小游戏机、U盘乃至手机。这些新来的货物陈列在玻璃货架里,很快地吸引了学生们的眼光,最夸张的时候一个小时可以卖出7200块钱的电子产品。要知道2007年的时候,即便是一个小小的MP3也要花上近千元。王国强也知道,这样的产品也只有贵族学校的学生家长承受得起,生意的火爆打消了他的顾虑。

有了电子产品销售基础的情况下,王国强联系上了以前的同学,开始做电子产品的维修。作为中间人的他,就赚取个的一小笔差价。王国强还给店里配上了一台电脑,除了学生日常的打印和下歌之外,他把小心思打到了当时大家都在用的通讯软件——QQ上。

"我觉得有个很好的机会吧,就附近的人这个功能。"王国强将搜索半径设置在了500米,由于他的小店本来就在学校对面,所以一经搜索便找到了许多标签上贴着"铁一中"的老师。很快的,铁一中里的老师、主任甚至是校长都认识了对面文具店的老板王国强,他也开始与学校的老师谈合作。

"我给他一个很适合的价格,虽然利润特别的低,但薄利多销。"王国强的思路十分明确,跟学校合作之后店里的流量自然会比以前更加巨大。在与老师合作的基础上,学校也渐渐找上了王国强的文具店,学校里的文化节、家长开放日等活动,一系列所需要的相关物资都会找他置办。靠着与学校老师的合作,能赚多少钱不重要,重要的是能够把这个圈子建起来,这是王国强当时最大的想法。

创业的第三年到第四年,王国强在铁一中旁的小店达到了最鼎盛的时期,每天的营业额最低也保持在2000块钱以上,多的时候光两台复印机就能为他带来上万块的收入。

路越走越宽

文具店已经让王国强在铁一中的生意达到一个饱和的阶段。而周围的其他小店也开始模仿着王国强的经营思路，他在这里已经没有多大的优势。并不满足于现状的王国强决定换个地方开分店，而正巧此时在城郊的长安一中有一家文具店要转让，一番考察以后王国强毫不犹豫地将那家店给接了下来。

长安一中跟铁一中不一样，王国强通过细心观察，了解学生需求，他便定下了第一家分店的营销策略——走薄利路线。

第二个店基本上由王国强的老婆在操持着，而王国强就负责统一进货。每天他先把货拉到铁一中的老店里，卸完货之后再从店里挑上一批陈货一起拉到长安一中的分店去卖。这样一来，虽然新店的生意不如老店，但是王国强多了一个可以处理陈货及便宜货的渠道，"到那边去，就不用降低价钱去卖。"

就在第二个店生意渐渐稳定下来的时候，恰逢隔壁一家小吃店要转让。"价格低，地段好。"生意越来越好的王国强自然是毫不犹豫地拿下了。隔壁的店足足有七十平方，这一次王国强打算做出不一样的尝试，这次他要做一家玩具店。

2010年前后，在学生中流行着最火的玩具便是奥迪双钻的赛车和陀螺，王国强的玩具店中以这些玩具作为主打，同时还卖着公仔、礼品以及小模型，还有一小块地方陈列着他的电子产品。

"玩具做得好之后，一天能卖三千来块钱。"在长安一中外，王国强的两家店有着稳定的客源，基本上加起来一天也能有近万的收入。越发得心应手的王国强也有了更多的资本，他随后又盘下了一家文具店，交给他刚刚从西安陆军学院毕业的弟弟王国富打理。

"把选择的路坚持下去"

在王国强 34 岁这一年,他选择把他所有的店面都盘出去,铁一中对面的文具店和辅导班。他做出这个决定的时候,除去每年的基本开销,他能有 60 万左右的收入。而且在王国强的经营下,他所有店铺的收入每年基本上都能翻上一番。

就这样,他把没有处理完的手续交给了他的老婆去操办,2013 年,他抛弃了他过去的圈子,来到了广州。服装生意也越来越步上正轨。但是由于市场的变幻莫测和网店经营的不够完善公司很快就亏损了 280 万。

来到北上广,也谈不上后悔,只是没有做出一番事业,王国强自己也没打算回去西安发展。在他看来,既然回去了也是从头开始,那么还不如留在广州,大城市里的机会还多一些。当然有时候他也不由摇头感慨着,如果没有选择到广州,他现在的身家应该有上千万了。"当然,最重要的是,把选择的路坚持下去。"

回家路上,王国强手里握着方向盘,看着远光灯照不亮的黑暗,平静地说:"如果真做不起来,那我就去给人打工。"从一个农村出来的自考大学生,到年入几十万上百万的大老板,39 岁的王国强又回到了起点。他的脸庞上充满了平淡,身边坐着的,是一脸笑意的老婆。

(文中人名均为化名)

(文 / 蔡时阳)

Chapter V
生生不息

酒香不怕巷子深

在暨南花园一栋偏僻的民宅里，少有人知，这里有一家以创作、演出实验吧剧而闻名的酒吧：水边吧。初进酒吧，映入眼帘的是木头做的窗户，木头搭起来的亭子，古色古香。十八年里，它就在这闹市里以不变看世间万变。

架着一副圆框眼镜，带着亲切的微笑，这个五十来岁的男人显得十分的和蔼。他是水边吧的老板，是实验戏剧创作人。"我就想做一个无意义的东西，却又让你觉得神秘，做戏剧就是这样，我压根没有想有什么意思，反正观众最后自己解读出来了就好，不必非要追求懂，艺术追求的是感受。"

他的原名叫黄利国，"江南藜果"是他的笔名，时间久了，大家也就叫他"藜果"或者亲切称呼他为"果叔"。

从此我知道我值一万块钱

专科毕业的藜果做了五年的英语老师,一次偶然的机会,他随手翻阅到了1987年广东省的招生目录,看到了暨南大学,只是觉得很洋气,包括后来报读的国际新闻与大众传播专业,也是赶上了暨大招研究生的第二年。

1989年,研究生毕业,在当时的社会大环境下,很多大学生都找不到工作,特别是新闻专业的学生。

浑浑噩噩五年之后,适逢某报社招人,抱着试一试的心态,他被聘用了。按他的话讲,"他们被我的作品折服了(在花城杂志上发表过数篇小说散文、在《广州青年报》上写文章)",再后来,广州人事局要办一个报纸,经朋友介绍,藜果转去这家报社,条件是广州人事局帮忙解决户口的问题,但是要工作一年以上。

但是,藜果性格倔强他在尚未满一年工作期的时候,就因跟报社的副主编吵架而辞职,户口的事情解决了,遗留下来的一万元手续费的问题尚未解决,老东家帮他缴了这一万块钱,"从此我知道我值一万块钱",他半开玩笑地说。

不如一门心思做戏剧

1995年,还在当记者的藜果想开一家酒吧,"酒吧对我来说就是伪造一个环境,跟真实没有关系,让你沉迷在虚假中,现实对我们来说是枯燥乏味的。"就当作是一项投资,一心想开酒吧的藜果就在广州的购书中心那里开了一家酒吧,由于是开在一条臭水沟旁边的，临近开业前一天才取名为"水边吧"，广州的第一条自然的酒吧街也是在这里形成的。

在水边吧开张后，就有广东电视台以"水边吧"为主角做一个广州酒吧文化的专题报道。水边吧在经营上以温老酒（即花雕酒、女儿红等系列）为主打，辅以"三碗不过岗"等特色酒。在生意最好的时候，客人还需要排队，月净收入能上万。

"演出就是在一个剧场里面，一个假的环境里面去模仿另外一件事情，要求不断地模仿别人，跟别人互为材料和艺术家。"

被读研究生期间接触的后现代文艺理论所吸引，黎果决定开始做戏，以酒吧为空间，老的水边吧场地不够，无法做戏。他就在暨大花园里买一间房，用来做戏。因为在当时的广州没有看到他自己喜欢的戏。1998年刚逢暨大花园的水边吧装修，他终于得以空闲，"从此我可专心做戏啦"倒也不亦乐乎。

1998年12月24日，水边吧处女剧《档案广州》开始演出，排演四天的处女剧在创作流程以及媒介运用方面相比于传统戏剧有了很大的突破，次年重排，演出9场。首次尝试后，他开了传统戏剧创作学院派的对立面：水边吧派。

"水边吧的戏剧创作从广州来讲是最厉害的，无论是产量还是观念都是第一的，不需要新的想法，只要有人就能排了，一个星期出一个戏估计是全世界没有的。"

2000年的《到西藏去》开启了水边吧戏剧售票的历史，2000—2001年，《茶馆》《日出》和《皇帝日报》三个戏，带来了水边吧无论是作为剧场还是酒吧的最高潮时代，一度成为当年广州城文艺青年和问题青年谈艺术谈人生、消遣娱乐的圣地。

2002年，黎果和从澳大利亚退学的燕处超然一起就人的感官问题开始新一轮的创作：当人丧失了某种感官，就会在另外的感官上得到满足。这也是后来《创世记》的雏形。该剧在2012年重排。

2006年，同样研究戏剧的年轻人陈连在广州水边吧小住期间，给他带来了新的观念和方法：表演的动作要自成一套系统，1（动作）+1（台词）应该>2。几次实验后，《鲁迅·继承》就这样成戏了。不到24个小时，一个戏就这样排出来了，并且受到好评。同年，他还清了之前欠下的债款。

在创作话剧的过程中，他慢慢找到了更加成熟的做剧方式，从他本人开的工作坊的游戏性中产生各种动作，然后，对素材进行"搭积木"似的组织。2008年，他开始尝试做肢体剧，是年，《0.o》产生了，在水边吧的戏剧史上具有开创意义，它完全摆脱了台词，非舞蹈又非哑剧。在上海下河迷仓创妈妈拉剧场节上参展，令人刮目相看；同年，在上海参加"东亚的身体实践"剧场节，主创并主演《以鲁迅为题，杭州的身体实践》。

"我这个剧不是语言为主，是身体向前，语言靠后，思想退后。不需要有思想，只要有感觉就可以了，任何艺术和非艺术的手段、任何技术和非技术的手段、任何题材和非题材都能为我所用。现在我做剧已经无法无天啦。"

2011年水边吧一连排了6个剧，第一部《来了来了》被圈内好友夸精致极了。第二部《身份》叫座，在三月份的时候进行多轮多场演出，使水边吧的票价提到了60元。黎果对肢体剧的创作到了如痴如醉的地步，2013年，水边吧排了肢体剧《The Wind》，它完美地完成了藜果的做戏积木法和"拿来主义"的实践。同年5月，受乌镇国际戏剧节的邀请，他带着《The Wind》以及《创世记》展演。

一次偶然的机会，他结识了日本导演佐藤信，在与佐藤信的交流中，他学到了一种全新的排戏方法：演员自己根据实际情况在整个剧本里面随意挑自己喜欢的台词，自己为自己定角色和戏份，自己做主，角色不分配，导演不管事，不教表演，只是展示如何以最低的成本（时间和金钱）制作一部戏。听起来很荒谬，但是，他真的做到了。

近三年，水边吧每部戏的成本不过几百块，一切的东西都是简陋的；在演员的表演上，他同样不做要求，对于他而言，表演没有对错之分，只有做与没做。排练时间更是自由，只要在一个月内累积排练达到一个星期的时间即可。

搭着2016年的尾巴，我在水边吧看到了藜果今年的年终大戏《绝对飞机》，你很难想象，舞台上的演员都是非科班出身，各行各业都有，这部剧也仅仅只是排了一个星期而已，并且将在2017年1月份在草莓音乐节上演出。看完让人不得不佩服，果叔不愧是果叔。

我们家曾经也是"阔"过的

2003年，《创世记》首版演出后，由于当晚跟两个演员通宵喝酒，第二天紧接着演出，果叔演出后就中风了，加上非典，两件事导致水边吧门可罗雀。迎来了水边吧的第一个低潮。

身体渐渐恢复后，他开始排剧，2006年，用不到24个小时排的《鲁迅继承》获得好评，收入稍涨，还清了水边吧欠下的债款。水边吧才刚有一点起色，他的身体又垮了。2007年一场结核使他不得不离开广州到空气质量稍好的老家养病。养病期间，他尝试着将水边吧外包经营，这依然无法解决他的财务窘境，本以为广州的人口基数这么大，只需要百分比很小的一部分观众，就足以养活他们一家子了，实际只能勉强供一家人的吃喝，并没有额外的收入来支撑戏剧，加上同行的刺激：没钱你做什么剧！2010年，他启动了"为了戏剧，蹲着乞讨"的行为，以职业乞丐的形象和身份开始了一段新里程。也是为了向世人宣布他做戏的决心。

十场乞讨下来，黎果有了做戏的经济支撑了，也就在2011年，水边吧一鼓作气排了6个戏，迎来创作的小高潮。对于他的坚持，他的太太还是表示支持的，早前，她更是鼓励黎果一定好好做好戏，她去赚钱来支持黎果做戏！

现在，看剧的人越来越少了，以前水边吧最热闹的时候，观众还要站着看戏呢，现在最多一场戏只有20多个观众，最少的话，还有一个，只要有观众就会坚持表演！讲这句话的时候，他的眼里是带着光的。

谈及水边吧的状况，他也只是自我调侃，"以前我们家也是阔过的，不过现在不行了，水边吧每况愈下。"以前水边吧是为了做戏，现在，它就是我了。

黎果的故事讲完了，但他的故事还会继续自动更新下去，对戏剧的狂热足以让他在创作的道路上越走越远……

（文／陈育芬）

十年煮出的一锅"风景饭"

"这个地方我来了一次又一次,特别有家的味道,没事儿就喜欢来这里体验休闲慢生活。"这个令许多人流连忘返的小山村叫作后岸,位于天台县始丰溪上游,与唐代诗僧寒山子隐居70年的寒岩洞隔溪对望。从曾经一度零收入、零支出的贫困村发展到如今国家4A级景区,后岸实现了从"卖石头"到"卖风景"的华丽转型。而这一切巨大的变化要从2007年陈文云当选为村委会主任说起。

"以钱换命,不值得!"

20世纪90年代初,后岸村依靠着几百亩的石矿资源,家家户户打石板、做石板生意,当时经济富裕的后岸村有着"山村小香港"的称号。"那时候,矿工3天的工钱顶得上乡镇干部1个月的工资。"陈文云回忆道。

陈文云是土生土长的后岸村人,他见证了后岸人靠山吃饭的富有日子,也看到一碗"石头饭"噎得村民病魔缠身的灾难。开矿那些年,整个村子都像是蒙上了一层灰。村子里设施简陋,工人们缺少减尘的防护措施,不少村民都因为吸入大量粉尘罹患不治之症"尘肺病"。此后大部分工人便不再采矿,全村收入也急剧缩水。

"我做的第一件事就是把采石场封掉。我知道全村人都指着石板吃饭呢,但是这危害实在是太大了。千金难买身体健康,所以痛下决心不再采石。"2007年新当选为村委会主任的陈文云,上任后的第一件事就是关闭石矿。"石板饭"给后岸带来的健康隐患村民们有目共睹,因此在2008年初的村民大会上封矿的决定一致通过。"刚提出来的时候,大家都赞同。但是吃老本吃着吃着有些人就急眼了,一些矿场股东和村民找来铲车准备头偷偷开采。决定了哪能改来改去?我就一屁股就坐那儿了,和他们软磨硬泡一直到石矿彻底封闭。"但是以石矿为生的村子不再采石,村民做什么?后岸未来的日子,该怎么过?迷雾重重的后岸未来让村两委操碎了心。

"送出去不如留下来,村民家门口致富"

封掉石矿后,以采矿为业的村民们突然闲下来了,整天在家休闲玩乐坐吃山空,这样的情况持续了很长一段时间。"当时我们村的状态是零收入、零支出,非常贫困。"陈文云说,"一点都不夸张。"经济贫困是村子当前面临的最大问题,于是陈文云挨家挨户做工作,鼓励村民们外出打工。但是细心的陈文云发现外出务工的村民们把孩子和老人留在家中,偶尔寄一些钱来。

独在异乡的他们日子过得并不好。照此发展下去,村子的经济不但没有改善,空巢老人和留守儿童的问题还会变得越来越严重。"为了把劳动力输出出去,我们做了很多工作。但很快我们意识到,村民的生活习惯与城市差别大,送出去不是致富的路子。"

于是陈文云等村委开始带着村民到周边发展较好县城"取经",目的是让村民们看到外面的真实情况,众人拾柴火焰高,希望早日摸索出适合后岸发展的道路。他们第一次的百人宁波取经可谓是经历了九九八十一难。"住了一晚上宾馆之后,第二天一早,好多人跟我说房间里没有被子,冻了一宿。他们不知道被子原来是铺在床上的,所以三十几个人都冻感冒了。"回忆起这段经历,陈文云流露出颇为无奈的神情,"那次取经搞得我头都大了,可是还能怎么办,没有找到合适的发展路子就还得硬着头皮继续下去。"像这样失败沮丧的取经之旅又重复了好多回,功夫不负有心人,后岸的发展道路终于在一次考察中闪现了一丝光明。

2011年5月份,陈文云带着村民到磐安的乌石村考察,终于茅塞顿开。村民们在体验了当地的农家乐并得知一年能挣十多万元的时候,大家都动心了,40多个人甚至当即表示要回去做农家乐。"那时候基本能够确定,搞乡村旅游的路子有戏。"

"村委带头做吃螃蟹的人"

有了做农家乐的想法后,陈文云又多次到乌石村进行深度体验和学习，还把乌石村的张书记请到村里，为村民详细介绍乌石村的发展经验。2011年7月，村委会协商后，召集了全村村民开会并细致说明了这一想法。没想到一开口就遭到了村民们的一致反对。"我跟他们说，装修费用每户大概25万元，一听这话所有人都不愿意干了。"村民的想法并非没有道理——后岸村到天台县城有36公里，一天下来，连过路的小车都没几辆，怎么能赚到钱？不服输的村委会并没有因为村民的否定抛弃这一想法。

协商之后，村委们决定在发展路上做第一个吃螃蟹的人。

7个村委自己带头投资改造房屋，创办经营农家乐。同时以补助的方式鼓励村民加入到改造大潮中来，每户每个房间补助3000元钱，一户可领取补助三四万元。最终，13名村民决定冒险一试，打造出了后岸村第一批农家乐。"讲实话，当时我心里一点底也没有，但既然当了干部，这个头我不带谁带？"村委成员笑着说，"房子是自家的，要是搞失败了，我就当自己是再住一次新房。"

改造完成后，陈文云和其他干部们来到上海，挨家挨户拜访旅行社寻求合作的机会。终于在2011年10月初接洽成功迎来了第一批游客。那是一个两百多人的大旅行团，大家玩了3天，满意而归。

后岸村自此打开了乡村旅游的大门。后岸村一间间布局凌乱，濒临倒塌的老房子被拆除，一幢幢别致特色的新房子如雨后春笋般建了起来。陈文云说，"以前我们卖石头、卖力气，现在我们卖山、卖水、卖空气，从根本上转变了赚钱的思路，效果非常好。"

"一个村就是一家宾馆、一家企业"

现如今已经是后岸改头换面的第七年了,它崛起的速度和发展势力都被当地人称为奇迹。2011年与后岸签约的旅行社仅为1家,而今年已发展到36家。农家乐从零发展到68户,1600个床位,能满足5000人同时就餐。全年游客50万人次左右,村集体经济收入260余万元,农家乐发展得如火如荼。

后岸现已成为集漂流、登山、垂钓、观光、采摘、餐饮、住宿及商务接待于一体的综合性农家乐休闲度假村,还获得"中国美丽宜居村庄""中国最美休闲乡村"的称号。究竟是什么样的经营模式才能让后岸农家乐的发展一年比一年好,经济收入像指数般持续上涨呢?

陈文云这时提出了自己独到的见解。早在村民们依靠打石板赚钱的时候,年轻的陈文云就已经去到邻省做起了小买卖,对于经营模式略知一二。"一定要走集团化、规模化发展之路,否则很难形成大气候。如果大家生意抢来抢去,靠压低价格来吸引顾客,整个氛围不好也没人去关心用户体验了,这生意一定做不长久。"陈文云说,"我觉得我们农家乐特别的地方就是抱团经营,打破户的概念。大家不用争抢生意,只要管好游客的吃、住,就能赚到钱。"

村经联社出面注册成立了村农家乐协会和寒山旅游开发公司,陈文云充当了公司负责人,实施以村办农家乐为龙头,户办农家乐为集群的规模化集约经营模式。村经联社出面注册了天台寒山旅游开发有限公司。同时制订了"四统一"标准:统一管理模式、统一宣传营销、统一服务标准、统一分配客源。在经营定位上突出原生态、突出"土"味。每个季度，村里的农家乐分为三个组，选举一个人负责客人投诉、餐饮标准，客源则按照每张床位一年能入住的游客人次进行平均分配。

村民们都认为，转型奇迹的背后是坚固的"后岸模式"在支撑，一个村就是一家宾馆、一个企业。抱团经营的总方针指导着后岸村小范围内实现了共同富裕的美好目标，引导着村民过上了在家门口就能赚钱的好日子。与此同时，陈文云还成为了2015年中国旅游十大影响人物的候选人。后岸繁荣盛景的背后少不了陈文云的默默坚持和他永不止步的决心。"既然做了，就要做到最好。让村子长久的发展下去。"

"反思中改进，在改进中创新"

后岸游客虽多，但旅游总有淡旺季之分。春秋夏季客流量还算稳定，可是冬天这几个月怎么办？"冷天时节是游客最不想出门的，如果不动动脑子，搞经营的村民恐怕就得'喝西北风'了。"面对旅游淡季，陈文云自有妙招。前年寒冬，村子里尝试着办起了"开羊节"。在村口支起大锅烹煮美味的羊肉汤，送给游客免费品尝。温热鲜美的羊汤就像冬日里的暖阳拉近了游客与后岸的距离。在村羊肉铺的门口，数千名游客前来品尝和购买新鲜的羊肉，场面胜似过年。

后岸村在陈文云的带领下，充满了新鲜感，一年四季各种节日，它总能给游客们带来欣喜。春意浓时的赏花节,炎炎夏日里的漂流项目、采摘节、年货节等活动层出不穷。与此同时,后岸村古法酿制的糯米酒、红曲酒,还有彩色年糕、青麻糍、桃树浆,都是令游客难忘的美味佳酿。村委们正在带领团队研究开发"九大碗""寒山宴""养生宴"等非遗菜点,在挖掘饮食文化的同时,希望通过舌尖上的记忆留住游客的心。

陈文云说:"接下来我们要根据不同层次游客的需要,推出中高档的主题农家乐、民宿来,以便更好地为游客提供分级化的服务。"现在已经推出以了和合文化、茶文化、家为主题的民宿,与天台县佛教的历史、饮茶的文化紧密贴合。看到前来游玩的旅客络绎不绝,越来越多的人喜欢这个静谧古朴的小村子,陈文云心里有说不出的高兴。"一个人赚再多的钱,也是属于一个人的享乐。而现在,我可以带动一个村子发展,让村民们富裕起来,让每个人过上幸福的生活,这样更有意义!"

(文 / 陈雨瑶)

缘与愿

2018年的最后一天,温度最低只有6摄氏度,在空气中可以触碰到属于南方的潮湿。街道上路人行色匆匆,老人们一手提着刚从市场买回来的菜,一手勾着刚过膝高的孙子絮絮叨叨,情侣挽着手兴高采烈地聊着跨年的事情,孩子们哭着闹着要妈妈抱,他们的对话凝成一团团白气飘散在空中。

仿佛没有人注意到隐于闹市中的这家寺庙,它一如往日地伫立在路旁,幽静又肃穆,一块颇具历史的牌匾被挂在寺庙大门的门楣上,上面俨然是三个大字——光孝寺。

不同于初一、十五的热闹,年末最后一天来光孝寺拜祭的人不多,正中央的香炉中升起缕缕青烟,在两旁古树的映托下更显肃穆,而再往寺庙深处走,便是戒成法师的居所。

释戒成法师,俗名叫周金根,是广州光孝寺现任首座大和尚之一,他于1956年出生在浙江省金华市罗店镇西旺村,曾经担任过广州市越秀区第九届政协委员，广东省佛教协会第五届常务理事、浙江省龙游县第六届政协委员等职务，被人们誉为当代108位高僧之一。

迎接我们的是戒成法师敞开的大门。

客厅是对外开放的场所，入门正对的是一尊被供奉在灵台上的佛像，大概是被天天擦拭的缘故，佛像上没有一丝灰尘，佛像前方设有香炉，炉中插有三炷清香，灵台左边是法师的书桌，上面堆放着一摞经书和一些笔墨，而灵台右边是一套桌椅，供法师与门客长谈。

此时，戒成法师正穿着单衣，盘腿坐在卧室的"床"上闭目养神——一张60厘米宽的檀木长木椅，再添上一个枕头、一床薄被子，便成了他的床，这是戒成法师每天休息的地方。

缘

看到我们的到来，戒成法师放下盘着的腿，理了理裤脚的绑带，穿上罗汉鞋，向客厅走来。出家人穿的鞋很有讲究，除了脚尖部分外，其他地方都是方孔，若鞋面有六孔，则象征六度。

戒成法师当初出家的决定在别人眼中看来是莫名其妙。1970年念完小学，他加入到生产队劳动，1972年，他转去了北山工程队做泥水工，而10年后，他毅然选择了出家，这时他才28岁。提及他当时出家的原因，戒成法师笑了笑："每个人的因缘不同。"他说："有些人是因为工作失败、婚姻有障碍，我是因为遇见，有这个因缘。"

直至 1982 年，寺庙数量并不多，关于佛教的知识不普遍，即使穿着袈裟，也没有人知道这是一位出家人。

而周金根就在自己的家乡——金华市遇到了自己的因缘。据了解，浙江省金华市有九个县，1982 年，整个金华地区只有三位和尚师傅。

"你有这个缘，就会碰到。"

28 岁的周金根在山里无意中发现一座寺庙，遇到了一位师傅，两人聊得兴起，常在寺庙中相聚，周金根逐渐对出家人的生活产生了兴趣，他钟情于敲木鱼的声音和寺庙的幽静，并且产生了出家的念头。

圆

对于他出家这件事情，家里自然是强烈反对的。周金根的父亲英年早逝，母亲拉扯着他们三兄妹长大，周金根是独子，在他下面还有两个妹妹。

"他们以为我神经病了。"

周金根第一次离家出走的两个月后，母亲找到了他的居处，周金根认识的人全部都来了，母亲、亲戚、朋友、村里的干部轮番劝说，周金根不好推就，就跟着他们一起回去了。

回家后他发现自己的心思已然不在俗事上。有亲戚叫他跟自己一起去学电工，赚多一点钱，他去了，两个月什么都没学进去。

"就做什么都没有心思去做,奇怪了,以前我是不用人家安排的,我自己会安排,现在在家也不会干活。"

周金根的母亲很难过,自己辛辛苦苦养大的儿子,说走就走了,她感觉自己白养了这个儿子。"你做什么都可以,怎么就出家了呢?"周金根的母亲对他说。

众人的阻挠依旧无法浇灭周金根出家的想法。1984年,他再次离家,和母亲打起了游击战。

"他们来找,再换个地方就找不到了,那时候我很坚决。"周金根搓了搓手,缓缓说道:"但他们最后还是找到了,不过劝说得也没有以前那么厉害。我说过两年就回来了,你不用来找我,找我没用,我说以后是要回来的,要给他们一点希望。"

1984年农历十一月十七,周金根完成了剃度,按照宗法的传统辈分,剃度师为他取了"戒成"这个名字。

"第一刀愿断一切恶,第二刀愿修一切善,第三刀愿度一切众。"戒成法师向我们述说着剃度时前三刀的含义:"善人要度,恶人也要度,普度众生就是这个意思。"

距离戒成法师剃度那年已经满满三十四年了,他始终没有回去过。"不回去就不回去了嘛,也没有联系过。"戒成法师维持着他惯常的淡然的语调,但他眼中有一些东西在闪烁,他装作不经意地揉了揉眼睛。

家不圆,但梦圆了。

愿

师父去世后，戒成法师一直有一个愿望——重修师父生前所居住过的浙江省衢州市龙游县竹林禅寺。

建筑一直是戒成法师的兴趣所在。在三十余年的修行生涯中，他曾去考察过多个地方的寺庙，千百年来寺庙、祠堂的格局是不变的，坐北朝南，大雄宝殿为寺庙中心主体建筑，依次为山门、天王殿、大雄宝殿、法堂、藏经阁、方丈室等，中轴线上的建筑实际上并没有对齐，而是因为风水问题而稍微错开一点，这些戒成法师都了然于心。

在寺庙当首座其实是有工资的，不多，每一分每一角都被戒成法师好好地存了起来。"钱慢慢存，存够了先建一座，然后再继续存，继续建下一座。"

无论是衣服还是床铺，又或是戒成法师的每一顿饭都极为朴素，一两套袈裟换洗是光孝寺和尚们的惯例，袜子穿破了舍不得扔，自己一针一线缝好也是戒成法师多年来的习惯，一张红檀木长椅成为他睡了很多年的"床"，而馒头、素菜饺子、土豆丝都是他餐桌上常见的菜。

戒成法师终究通过自己的努力完成了愿望，并且资助了其他寺庙的修整和建设。据不完全统计，截止至2010年，戒成法师共计捐赠给湖南等地的希望小学800多万元，同时戒成法师还在广州光孝寺复办的问题上起到了很大的作用。

提及他筹钱修建寺庙一事，戒成法师笑笑，含糊其辞地带过，旁人道出家人讲究"六根清净"，不愿过多彰显自己的功德，默默做事不求回报。

源

对于门客关于"六根清净"的诠释，戒成法师不以为然。他认为"六根清净"其实不是只有出家人才需要遵循，而是应该成为所有人的做人准则。

所谓"六根"，指的是眼耳鼻舌身意，这六根在生理上就是神经官能：眼有视觉功能；耳有听觉功能；鼻子有嗅觉功能；舌有味觉功能；身有感触功能；意有脑神经，这些都是我们的心和外界物质环境沟通的根本，所以叫六根。

而总的来说，"六根不清净"都可以归咎于一个"贪"字。

眼根贪色，遇到好看的东西或者人移不开眼睛；耳根贪声，只听得到好听的话语和声音；鼻根贪香，只喜欢闻到香味，对臭味充满厌恶；舌根贪味，好吃的东西吃得不愿放手，对自以为难吃的不屑一顾；身根贪细滑，衣服极度追求细滑的质感，迷恋男女情色；意根贪乐境，沉迷于某项事物中，无法自拔。

色迷于眼乱心，声迷于耳烦脑，香迷于鼻邪气，味迷于舌伤胃，细滑迷于身堕情，乐境迷于意丧志。

"保持清净，相信万物皆平等，人就不容易生气，也不容易冲动"戒成法师对众人说道。"香味和臭味，好看和难看，好听和难听，其实从本质来说都是平等的，是人类按照自己的观念来强行附加上这些具有褒贬的形容词。"

戒成法师曾经担任过多地的政协委员，还曾代表中国佛教界带团出访新加坡、马来西亚、泰国、日本等多个国家，促进中外佛教友好交流往来。

谈到中外交流，戒成法师表示佛教界的交流促进了中国和其他地方之间的和谐稳定，因为中国的佛教协会到其他国家去，是由其他国家的佛教协会负责接待的，双方通过交流，可以互相了解彼此的文化和局势。

就像唐代的时候佛教从中国传到日本，鉴真和尚带着人去日本修筑寺庙，建筑如今仍保存得十分完好。日本对中国佛教这一块也是很崇拜的。

"佛教就是一种桥梁，虽然我们领土之间有国界，但是佛教是没有国界的。"

而对于不同国家佛教间的差异，戒成法师也表示理解。

在日本佛教中，和尚可以娶妻生子，很多人不理解。戒成法师认为，日本和尚娶妻生子是为了佛教的延续与传承，日本人口稀少，生育率低，他们的佛教是一代一代传下去的，父亲要是入了佛教，那么生下来的孩子也必须入佛教。

"所以在日本佛教的文化其实不比中国差的。"戒成法师说道。

下午五点整，屋外传来了木板撞击的声音，是寺庙里的和尚在打板，板是寺庙中一种报时报事的工具。戒成法师迅速站起来，把手机放到书桌的抽屉里，在从卧室中拿出褐色的袈裟外衣披上。

他要去上殿了。

（文／刘艺琳）

投身教育十余载,桃李芬芳小县城

走进谭思思的办公室,首先映入眼帘的是一幅书法作品《天道酬勤》和满墙的学生照片。和中国众多老师一样,她信奉这个简单的道理并把这个道理传授给自己的学生。

牛背上的梦想启航

对很多出生并成长于城市的"80后"来说,他们的童年正好可以享受改革开放的初期红利,逐渐脱离如上一代的物质贫瘠的成长环境,得以接触电视机、街头游戏机等丰富的娱乐消遣资源,普及教育更是被提到很高的位置。到1986年,"九年义务教育"已经以法律的形式固定下来。

可是,在谭思思的家乡——中国的一个贫困县城里,大多"80后"的童年仍然与放牛相伴。"我小学的时候,每天放学都要赶着回家去放牛，在牛吃草的间隙完成作业，天黑了才回家。开电灯完成作业是很奢侈的事情。有时放学因为贪玩晚了回家会被妈妈狠狠骂一顿，那头牛是家里最重要的财产，让它饿肚子是不可原谅的。"

"那时候，放学回家帮忙干活是很普遍的事情，放牛、割猪草、带弟弟妹妹、做饭等，什么都要做。我很多同学上完小学就辍学了。"据谭思思回忆，小时候，她的父母也已经为她铺设了以后的路，但是谭思思并没有顺着父母安排的路走。小时候，她曾跟着大人去凑热闹，参加别人因考上大学而摆的酒席，看见即将走入大学的年轻人意气风发，一家人满脸光荣，再加上电视剧对大学与城市的无限渲染，即使身处贫瘠山区，那颗向往学习向往远方的种子也已经不可控制地在幼小的心灵里扎下深根。

谭思思说，她初中毕业的时候父母就要求她辍学。理由是家里还有读小学的弟弟妹妹，作为姐姐应该承担责任，打工供弟弟妹妹读书。看着家里贫穷的现状、父母日夜操劳的身影和年纪尚小的弟妹，她无法拒绝，开始说服自己放下心中深藏的大学梦，准备离开学校跟着村里人前往肇庆的制衣厂打工。

"你不要去打工，我来供你读书。"幸好，她早年去了香港打拼的大舅恰在那时回乡探亲，阻止了她，为她提供了资金。谭思思坦言，她的大舅在香港过得也很辛苦，没文化只能在餐厅做一些脏活累活来维持生计。也许正是大舅吃够了没文化的苦，就算自己生活拮据也要从牙缝里挤出她的学费，让她继续上学。

起早贪黑的不圆满三年

命运为人们安排了无数个十字路口，不同的选择会把人们带往截然不同的人生。就这样十几岁的谭思思离开了牛背，走向县城的高中。虽说是县里最好的高中，但是那里的教学质量很一般，大多老师来自中专院校，年长的教师甚至不会说连普通话。

说起她的高中生活，谭思思用了"起早贪黑"来概括。她深知自己的知识基础并不扎实，又不是天赋过人，只能用老师常常挂在嘴边的"天道酬勤"来鞭策自己。"宿舍每天早上六点开门，很多同学会睡到六点二十分，等宿管阿姨上楼催。我从来都是五点五十分准时起床，六点准时出门去饭堂买早餐，然后到操场背单词。那时，操场还不是塑胶跑道，是黑漆漆的煤渣跑道。冬天时，天亮得很晚又很冷，我只能缩在操场旁边礼堂的楼梯里借着灯光背单词，不敢回教室，怕大声读单词会影响同学，也不敢坐下，怕坐下了犯困。"谈起这些，谭老师是笑着的，语气很轻松，甚至像在分享一件好笑的事情。

"上午最后一节课一下课，我就会跑去饭堂，趁人不多快点吃完饭，然后回教室多做半个小时的作业。很多人都看不起'冲饭堂'这种行为，不过我也不懂为什么努力学习会被看不起。"谭老师算得上是他们班里最努力的一个学生，每天最早到教室最迟离开，成了同学们背地里称呼的"书呆子"。

然而这不是一个圆满的"天道酬勤"故事，谭老师轻描淡写地说："我只考上了茂名的一个专科学校。以前，在我们那个学校能考上大学已经很不容易了。"

运气并非偶然

谭老师拿出了她大学时的照片，笑称自己当时从头到脚都写着"土气"二字。照片里的她留着短发，穿着旧衬衣长裤和胶底凉鞋，低垂的眼神里还带着怯意，流露出农村人的质朴和初入社会的不安。"我上大学的学费也是大舅从香港寄回来的。但是他的年纪越来越大，找工作更不容易，收入不多，又生活在香港这样的大城市，我不好意思让他负担我的生活费。至于我的父母，已经被弟弟妹妹沉重的学杂费压弯了腰，我只能靠自己。"

当时，各类大学生兼职远不如现在丰富。来自农村的她，没有什么门道，在大一大二时经常是派传单，一个小时6元。初出茅庐，她显得十分腼腆，不敢大声吆喝，更不敢直接把传单塞给别人，起初往往一个小时都没派出几份传单。"'干不了就滚蛋'，临时工的底层管理人把这句话经常挂在嘴边。为了生活，我只能硬着头皮上，慢慢变得比较'厚脸皮'。"

派传单的经历是非常艰苦。"正午是最好的派传单时间。正午人流量大，但也是最热的。晒得脱皮了第二天还要继续。那时候没有哭出来了，可能泪水来不及流出就已经化作汗水蒸发了。"谭老师说。派传单的工作晒黑了他的皮肤，但也正是那段经历让她可以"厚脸皮"地在创业初期派传单宣传自己的机构。"没有什么成功是偶然的，所谓运气都是过去的磨砺积攒下的实力。"

大学时，谭思思一个月最多只能花 300 元，剩下的寄回家补贴家用。远不及当下大学生"四位数"的平均生活费。现在的大学生习以为常的奶茶、名牌衣服运动鞋、看电影、吃大餐对她来说都是奢侈的事情，就连谈恋爱也只是两个人一起去图书馆学习或者周末一起去公园，到肯德基吃甜筒算得上少有的甜蜜回忆。其实她的男朋友家境不错，但是为了照顾她的自尊心愿意陪她一起在清贫中寻找爱情的乐趣。

到了大二下学期，经同学介绍，谭思思开始做家教，也是这段经历使她产生了开办补习机构的念头。谭思思主要负责一个孩子的晚间辅导，即陪孩子做作业，一个小时 20 元，每天两个小时。对当时的她来说，这是一笔不小的收入。"那个家长本身也是有文化的知识分子，但她说自己脾气急，没耐心陪孩子写作业，这样对孩子的学习不利。"这段经历除了增加了她的收入，更重要的是使她意识到大城市的家长对孩子教育的重视程度远甚于自己的家乡。

她的家乡是广东省唯一一个五线城市里的小县城，人们虽然也逐渐重视孩子的教育问题，但是缺乏合适的方法对孩子进行学习辅导，导致有些孩子甚至会用各种理由搪塞家长，进而成绩不理想，养成不良的习惯。

从多次的家教经历中，她见识过形形色色的家长和孩子，看到过许多家长用各种严厉的手段约束不自觉的孩子，临近毕业的她意识到这是一个商机。

车房里走出的"拼命三娘"

谭思思直言,当初选择回家乡创业,首先是因为当时那里的补习机构并不多,而且没有专门的晚间辅导机构。除此之外,选择回家乡也是为了更好地照顾家里。刚开始,家里人都不支持她创业,一是没有创业的资本,二是认为女孩子考了教师资格证后就应该接着考编制然后结婚生子,创业简直是"瞎折腾"。

可谭思思偏生是个不安分的人。她下定决心,没资金就从小做起。当时,她的男朋友回到了家乡顺德工作,看到一心想创业的她,便对她说:"你放心干,我每个月的工资都寄给你,我们一起努力。"就这样,谭思思创办了自己的课外培训机构——天天向上培训中心,成了谭老师。

刚开始,她只有几百元启动资金,连正经的店面都租不起,只能暂借亲戚家的车房。那个车房只有十几平方米,是亲戚家的杂物房。谭思思收拾了一下,摆上几套桌椅,就把它变成了临时教室。车房里太闷热,在里面坐一会就会出汗,又没条件装空调,只能在角落摆两个风扇。但这样,孩子们的作业又很容易被吹走,她已经忘了当时是怎样克服这些问题。

对一个新生的补习机构来说,最难的是推广和招生。谭老师的亲戚们纷纷开放自己的阳台,让她挂上宣传横幅。没有更好的办法,她只能选最笨的办法,印传单,动员亲戚朋友到学校里派送,在小学门口摆摊宣传,从早上六点孩子上学高峰到晚上六点放学高峰,一次又一次磨破嘴皮向家长宣传自己的机构。

为了吸引生源，一开始定低价为每个小时20元，跟她大学时的兼职是同一个价格，连成本都难以收回。她还记得，当时受到很多人的不理解，家长认为她骗钱，学校里的老师认为她是要抢饭碗，因为当时学校里有很多老师也会在课后给学生进行有偿补习。

她只能厚着脸皮一次又一次地将传单派发出去，多亏了大学时的派传单经历，她才能这么放得开。但最大的不理解来自身边的人，一直帮忙的亲朋认为她浪费时间金钱，默默支持她的男朋友心疼她一个人苦苦坚持，又没办法放下工作来帮她，毕竟两个人需要有一个稳定的收入来源。

经过在学校门口的反复宣传，课后巩固辅导对孩子尤其是自主学习能力较差的孩子的重要性之后，她开始有了第一批的几个学生。但是她坦言，刚开始招来的几个学生都是因为家长工作忙想找个安全的地方托管孩子，免得孩子放了学就到处疯玩，并非真正在意孩子的学习。这使她更坚定要在家乡开创事业的决心，"那时候已经不仅仅是为了赚钱，我还想通过自己的努力改变很多家长的观念，让家乡的教育理念、教育资源更加接近大城市，不至于像我那时一样努力了也考不上好学校。"

上天不会辜负用心的人，家长们看到她对孩子的用心，不仅仅是为孩子提供一个做作业地方，孩子的成绩也得到了提高，好口碑自然一传十、十传百。学生慢慢多了起来之后，那个小小的车房已经不能满足需要了，谭思思一咬牙用光了所有积蓄，还问亲戚朋友借了一笔钱租下一个小店面，开了自己的第一家正式的门店。

因为启动资金不足，很多工作只能她自己完成，硬着头皮自己爬梯子修理坏了的天花板、破了的水管。当水喷出来把自己淋得一身湿时，眼泪也忍不住地往下流。而且当时她正在怀第一个孩子，强烈的妊娠反应经常使她吐得直不起腰，怀孕却反而更瘦了。即使这样也不敢轻易停下继续招生的脚步，毕竟没有学生就没有收入，为了开店还欠了亲戚不少钱。

"那个时候很辛苦，总是一个人偷偷哭，在想为什么自己要那么辛苦，又不敢让父母知道，毕竟这是我自己坚持要走的路。也不敢让老公知道，他一个人在顺德工作，知道这些肯定会很担心。"谭老师现在说起这些经历还眼泛泪光，"我现在跟同事们说起这些事情，她们都叫我'拼命三娘'。"谭老师并不是很愿意谈创业初期的困难，她不喜欢把苦挂在嘴边，她觉得自己很幸运，机构已经走上成熟的轨道，以前的努力值得。

现在，谭老师已经开了两家门店，十几年间培养了几千名学生。她的老公也从顺德过来帮她一起经营，妹妹毕业后也成为机构里的老师。她也正在筹备第三家店，目标是再开五家店，让更多的孩子接受到优质的课后辅导。现在，她已实现了最初那个简单的目标，让一家人的生活得到了改善，可以回报大舅，让弟弟没有学杂费忧虑地准备考研，一切都在朝着更好的方向发展。

身为人师的情怀

"你开补习机构就别跟我谈情怀"，这句话是一个六年级的家长在五年前对谭老师说的。当时，她的孩子即将中考，被信奉成绩至上论的妈妈逼得喘不过气，放学了也不敢回家，甚至曾偷偷改考试成绩逃避妈妈的责骂。

回忆起那个孩子，谭老师感到十分心疼。"那个孩子其实很乖，学习又很主动，但是她的妈妈并不知足，对孩子要求过高，而且教育孩子的方法以谩骂嘲讽为主，即使孩子做得很好也不会表扬，一旦孩子退步势必当众大声责骂。"她尝试过劝说孩子的妈妈不要把孩子逼得太紧，但是孩子的妈妈就用"别谈情怀"来回应，并坚持孩子是自己的别人无权干涉。

谭老师说这种事情其实出现过很多次，很多人都认为她开补习机构是为了赚钱，而不是真心想投入教育领域，这种偏见让她觉得有点委屈。"几年前有一家大公司刚成立了教育分部，当时他们找到我，想跟我合作，借我机构在家长中的名声做大自己的公司，我想了很久，还是拒绝了。"她当然知道与大公司合作可以赚到更多的钱，可她也知道这样的大公司也仅仅是为了赚钱，不是真心投资教育，这样就偏离了她选择回家乡创业的理念是为家乡教育事业接轨大城市做出一番贡献。

现在的教育机构越来越多，一概而论教育机构里的老师都是为了钱而非育人理想实在偏颇。评价一个老师好坏的标准，并非是他就职于何处，而是他是否真心对待自己的学生，为全面培养学生而努力。情怀不仅仅是一个虚词，很多时候是情怀支撑一个人坚持自己的道路，要是没有投身教育事业的情怀，谭思思可以有更多的选择，而不需要承担独自创业的辛苦，在承受家长不理解后还是坚持向家长传达正确的教育理念。

从牛背上长大的小女孩成为家人的依靠和备受学生及家长尊重的"谭老师",谭思思在这条路上奋斗了三十几年,道阻且长。可她说,现在还不是能松一口气的时候,家庭的琐事、学生的培养、老师的招募,每一桩每一件都是心头大石,能力越高,责任越重。

(文中人名均为化名)

(文 / 黎美珊)

平地起高楼，荒地育野花

徐龙今年66岁，乍一看他朴实憨厚，又多了一些儒雅气，这是他在城北小学40年的教师生涯中沉淀出来的特殊气质。

退休已经六年，徐龙傍晚吃完饭后总会到校园里走走散散步。到了下课的时间，孩子们从课室中涌出，从校园流向背后已经升起炊烟的村庄。但是校园中也并未沉寂，不少小学生在操场上骑自行车或在篮球场挥洒汗水。看到小朋友们朝气蓬勃的样子，徐龙总忍不住露出欣慰的笑容——为他们快乐的童年，也为这所学校欣欣向荣的模样。

城北小学，位于湛江市遂溪县遂城镇城北村，是一所乡村小学，1973年由北门村、大灵村、小灵村三条位于遂城镇北面的村庄合资创建，迄今已经有四十年历史。2019年，为了配合遂城镇城区扩建计划，城北小学改名为遂城第十二小学，纳入城镇小学系统当中，并进行校园翻新改建工作。

如今的城北小学校舍崭新，课室敞亮，每间课室都配备有一体化教学平台。从此,城北小学彻底摆脱了"农村小学"的帽子。

"大棚"里的课堂

1973年徐龙刚刚来到城北小学的时候,整所小学还只有一排生产大队弃用的黄泥屋,全校只有12位老师,却要为200多位学生上语文、数学、音乐、美术、体育、劳动六门课。于是每位老师都被磨成了全能人才,科科精通。

深受磨炼的徐龙这一年不过20岁,刚从遂溪县第一中学毕业——这个学历在今天看来毫不起眼,但在20世纪70年代的城北村,高中毕业生可谓凤毛麟角。

徐龙刚从镇里回到村子,就被城北小学的校长找上了:"小徐啊,我们小学现在缺老师,你能不能来?"当时徐龙亦有意于教师行业,正准备考师范生,收到校长的邀请之后,师范生也不考了,直接就到了城北小学任职。

但由于不是师范生,没有国家证明,徐龙只能作为文凭教师[①],领生产大队发的工资。生产大队的资金全由城北几个村子的村民筹集,当时经济困难,钱都是一分一分使在刀刃上,能发给小学教师的自然也不会宽裕,徐龙一个月只能领到20块的工资,14斤的米票,两三斤的猪肉票。徐龙家是典型的农民家庭,一家人靠耕作为生,只有徐龙一个人在外工作。于是20块钱,两三斤猪肉票,成为一家人一日三餐基本饮食之外的指望。艰苦岁月留下的烙印总是格

---

① 文凭老师:由生产大队聘请并管理的教师。与之相对的是公凭教师,其有国家编制。

外深刻,时至今日,徐龙看到儿孙辈新买的衣服没穿几次就压箱底时还是会忍不住痛心:"你们现在的人都无法想象,以前我们穿衣服哪舍得丢?都是一次一次地补,一条衣服穿好多年。"

生活虽然艰苦,咬咬牙还能过下去,但是学校的课却是快要上不下去了。徐龙刚来到城北小学时,一个年级只有一个班,20来人,全校挤在生产大队弃用的黄泥屋里上课,勉强还能装得下。但是随着学生人数逐年增加,黄泥屋无法再负担教学需要。

他就自己动手搭棚子充当教室。但是用柴火料、废弃木材搭出来的棚子实在是太简陋了,一到夏天,南方的瓢泼大雨就打得上课师生一身水。不仅如此,棚子里连个黑板也没有,只能拿门板涂了漆作写字板用。

"这真是最差的教室了。"徐龙日后回忆起当时的情景,总是忍不住如此感叹。

但艰难的条件没有扑灭年轻的徐龙心中的火苗。20世纪70年代,人们最擅长苦中作乐。只要有一个目标,就足以支撑人们心中的明灯不死。徐龙的明灯,是学生们。"这么苦学生都坚持来上课,我能因为苦就不做了?教育这一行是非常重要的。没有教育谈何发展?每个人都需要文化——我是这么想的。越做就越觉得教师这行应该去做,越做就越爱这行,也就这样渐渐走下去了。"

瓦房子诞生记

到了1980年,响应国家"人民教育靠人民"的号召,城北生产大队动员城北小学全校师生一起动手为学校建新瓦房。

学校里很快热闹起来了，除了最小的一年级学生，全校师生都投入到建房大计中。每到劳动课，徐龙就带着班里的学生到镇里买水泥砖瓦、到石料场捡石头、再回校打水泥、砌砖、糊墙。砌好墙面后，又到生产队去砍木料搭房梁，最后铺瓦。

渐渐地，经过众人的努力，一间间水泥瓦房在校园里拔地而起。每个班级都有了独立的课室，老师们也终于有了办公室。瓦屋檐下修建了窄窄的走廊，一些老师课后留校工作时会在通风处煮晚饭，引得玩闹的学生们闻香前来。

虽然瓦房子们因为做工粗糙又矮又小，水泥墙面夏热冬凉，但是总算庇护了城北小学师生不再受风吹雨淋。

瓦房子建好了，徐龙却没闲下来——为了提升教学技能，他利用假期时间，到遂溪教师进修学校进修学习。

20世纪80年代之前，由于时代原因，国家对乡村教育关注不够，乡村教师的质量良莠不齐，像徐龙这样没有教育专业知识的应届毕业生也能够进入学校教书。而随着改革开放，国家开始抓紧乡村教育扫盲工作，对乡村教师的要求也随之提高。为了适应时代要求，徐龙在转为公凭教师之后，决定到进修学校学习教育学、心理学等师范专业科目，提高自己的教学技能。

开始到进修学校学习之后，徐龙的生活一下子变得忙碌起来：平时白天要上课，晚上要批改作业、备课，挨到周末，还是要走进课堂，只不过这时候身份从老师变成了学生，但徐龙却甘之如饴——了解专业知识之后，看待"教学"的视角就变得截然不同。

从前,"教学"对于徐龙来说,就像在山中行走,"不识庐山真面目",只能靠自己摸索。进修之后,徐龙算是从山林里走出,走到了高处,此时他是"一览众山小",轻松把握了。

通过进修,徐龙考取了师范大专学历,这不仅帮助他提高了教学水平,也为他的职称评级提供了助力,两年后,徐龙被评为高级教师。

职称提高之后,徐龙的工资有了量的飞跃。与此同时,城北小学的学生数量也快速增长。到90年代,城北小学已经有600余学生。对于徐龙来说,学生多了带来的最大的烦恼之一,在于家访户数又增加了。

直到21世纪初,家访都是教师和家长联系的主要方式:班主任要在一个学期之内,走访班里每一位同学的家庭,和他们的父母做直接的交谈。徐龙担任班主任时,一个班有30余学生,光靠周末走访,一学期很难完成任务,更别说农村里不少家长白天要在外务农,常常会有去到学生家里之后吃闭门羹的情况。所以徐龙也会选择在空闲的工作日晚上去找家长走访。当时农村的基础设施建设还不完善,村里纵横的还是泥路,也没有修路灯,一到夜晚,林子里小路间就伸手不见五指。即使如此,无数个夜晚,乡间小路上还是奔波着打着手电筒的徐龙的身影。

但即使长途跋涉到了学生家里,迎接徐龙的也有可能只是家长的冷脸——一些家长不重视对子女的教育,即使老师亲自到家里向他们汇报孩子的学习情况,也是采取不理不睬的态度。和这些家长形成对比的是另一些家长的热情——在教期间,徐龙和不少家长结下了深厚的情谊,每次家访,双方不仅交流学生在校和在家的情况,谈论教育孩子的问题,有时也会一起吃饭。临走时,一些家长还会捧出自家种的红薯、芋头硬塞给徐龙拿回去。"什么情况都会有,但是无论遇到什么态度的家长,老师都一定要耐心和家长联系、交流。"

有一些调皮的孩子常常犯事,徐龙家访的次数多了,反而和这些刺头们培养了深厚的感情。"印象最深刻的是成绩差的、调皮的、不想读书的学生。"

现在徐龙还记得自己带过的学生小华——这个三年级的男孩原来是个彻头彻尾的差生,上课睡觉下课捣蛋,老师批评了多次也没有用。徐龙观察小华的态度,决定采用持久战战术——放弃严格的斥责和批评,先和他做朋友,打消其心防之后再徐徐图之。这之后,徐龙时不时就在放学之后去找小华玩,也不聊学习,就只是陪他打球或做一些小华感兴趣的事情。长此以往,小华渐渐将徐龙当作自己的朋友,徐龙再督促小华学习,他也能听进去了。到了这时,徐龙也还是不急,没有要求小华成绩一下子要达到多少分,而是劝慰他不必在意现在的成绩,尽自己的努力就好。

到了六年级,小华就已经跻身班级中上游了。当时徐龙就住在城北小学宿舍,到了晚上,小华也还是会去找他聊天。班里的其他学生也经常到宿舍来找徐龙一起玩耍,有时还会一起分享零食。聊到学生,徐龙的语气总会忍不住软和几分,他常常说:"学生和老师之间,是需要付出的。师生之间一定要建立感情。"

教学楼与新时代

2000年之后,国家实行九年义务教育,城北小学的建校资金不再由生产大队出,而是由政府拨款。学校的基础设施建设由此如火如荼地开展起来,过去陈旧的瓦房全部拆除,取而代之的是崭新的三层教学楼和新建的篮球场。学生的学费也全部免除,只需要缴纳书本费和校服费。

新的政策为城北小学带来了翻天覆地的变化,但是目前徐龙面临的最紧的问题是提高城北小学的教学质量。当了30多年老师,徐龙知道如何提高教师的工作积极性——在他执掌城北小学教育工作时,学校资金投入最多的地方是表彰优秀教师的奖金池。21世纪初,虽然教师的待遇有所提高,可在社会大环境下,教师的工资水平还属于较低水平。但在城北小学,有一年年末一位教学成绩优异的老师拿到了上万元的奖金。由此可以看出徐龙在提升教学水平的决心之大。

由于教学工作贡献突出,徐龙在2006年升任为城北小学校长。除了继续紧抓教学工作之外,徐龙还开始整肃校风,对学校里的"学生头头"进行引导,同时将校风建设落实到每一个班级。因此,在别的农村小学时常传出冲突事件时,城北小学得以度过风平浪静的五年。在徐龙在任期间,曾经有一年有六位学生考上了县里最好的中学——遂溪县第一中学,而当时城北小学所在的片区也不过有七个名额。

新新时代

　　徐龙是在2013年退休的,从20岁到60岁,徐龙陪伴了城北小学整整四十年。从40年前的黄泥屋、棚屋,到自己动手修建的瓦房,再到政府拨款建造的教学楼,再到现在焕然一新的教室和校园环境,用他自己的话来说就是"变化太大了"。徐龙见证了城北小学的变迁,也为它的建设贡献了自己四十年的宝贵年华和心血,从文凭教师转为公凭教师,到教导主任,再到校长,徐龙自己也没想到会和一辈辈的同仁在荒草地里培育出城北小学这朵茁壮生长、越发灿烂的野花来。

　　退休之后,徐龙最大的感受是——生活又变回自己的了。从前徐龙的生活首先是学校,然后是家庭,最后才是自己,即使想做点什么自己喜欢的事也没有时间。退休之后,时间一下子就够用了,徐龙立即回老家把自家的两分地整了出来,种上自己喜欢吃的农作物,时不时就回去照料,到了收获季节就开着自己的电动车去把菜都摘回来。

　　除了种点小菜,徐龙还注重养生——每个早晨,徐龙都会和朋友到孔子文化城打太极拳,打完拳之后就到附近的茶楼吃茶点。

　　到了天气温和的时节,徐龙就约上志同道合的"驴友"们一起出门游山玩水。作为奋斗在思想教育第一线四十年的教育工作者,21世纪初最早学习使用电脑的一批人之一。在徐龙解甲归田后,先锋的思想也始终保持,这位新潮的退休校长用微信支付用得比年轻人还灵活,现在出门买菜都不愿带现金了。

在旅游之前，徐龙也会在网上搜索好资料做自由行的攻略。今年徐龙已经跑了两个地方——太原和北海，欣赏了雄山峻岭和碧波蓝海，但是他还不打算停下来。"接下来半年还要去更多的地方旅游。"下半年，徐龙已经做好了计划，要再游北海，不过这回不是去观光，而是重在和好友相聚。"见一次少一次啦，我要趁自己现在还能走，多走几个地方，这样以后才不会遗憾。"

（文／杨锦英）